Philippe Djian

Wie die wilden Tiere

Roman

Aus dem Französischen
von Oliver Ilan Schulz

Diogenes

Titel der 2011 bei Éditions Gallimard, Paris,
erschienenen Originalausgabe: ›Vengeances‹

Umschlagillustration: Tullio Zanovello,
›Trophäe‹, 2013 (Ausschnitt)

Für Année

www.diogenes.ch
60/13/8/1
ISBN 978 3 257 06869 6

»Mille vies ne sont pas suffisantes,
Mille hommes ne sont pas assez forts.«

☞ Am schlimmsten erwischte es die ganz Jungen, da gab es gar keinen Zweifel, mit ungefähr zwanzig. So um den Dreh. Man brauchte sie sich nur anzuschauen.

Richtig klar geworden war mir das während einer kleinen Feier bei unseren Nachbarn, ein paar Tage vor Weihnachten. Mein achtzehnjähriger Sohn Alexandre hatte die Anwesenden zunächst in Schockstarre und dann in Panik versetzt, als er sich eiskalt eine Kugel in den Kopf jagte. Und auf das Buffet krachte.

☞ Ich war nach Hause gegangen und hatte Elisabeth geweckt – sie wachgerüttelt, ihrem Tablettenschlaf entrissen. »Schau, Elisabeth! Schau!«, hatte ich mit leiser, noch zitternder Stimme gemurmelt. »Schau, was passiert ist. Schau dir das Blut an meinen Händen an!« Angeblich hatte ich danach Rotz und Wasser geheult. Konnte tagelang nicht trocken bleiben.

☞ Elisabeth hatte alles getan, um ihm darüber hinwegzuhelfen, ihn zu trösten, aufzumuntern, aber er wollte nichts hören. Sein Sohn war tot, und er wollte sich einfach nur betrinken – sich so schnell wie möglich volllaufen lassen, auf der Stelle, bevor der Schmerz erwachte. Das hielt er für eine ziemlich gute Lösung, einen akzeptablen Kompromiss. Er hatte sehnlichst darauf gehofft, dass Elisabeth ein paar Wochen oder Monate verreiste. Noch nie hatte er sich etwas so sehr gewünscht, noch nie hatte er sich so danach verzehrt, dass ihre Firma sie ans andere Ende der Welt schickte und er allein sein konnte. Aber sie hatte durchgehalten, das musste er zugeben. Sie hatte ihn nicht fallenlassen.

☞ Am schlimmsten erwischte es die, damit musste man sich abfinden, die noch nicht einmal zwanzig waren. Als die Bahn wieder anfuhr, traf es ein Mädchen zwei Sitzreihen vor ihm – eine Blonde, die seit der letzten Station laute Rülpser von sich gab –, nun also trat sie den Beweis an, dass sie tatsächlich die kaputtesten und armseligsten von allen waren. Kotzte sich in die Schuhe, und das am frühen Morgen. Starrte verstört auf die Bescherung. Verpestete den ganzen Wagen mit säuerlichen Weindünsten. Wie reizend. Mehr kann man nicht tun, um seinen Teamgeist zu demonstrieren.

Ihm fehlten die Worte, so schrecklich entwürdigend fand er das für ein Mädchen – noch dazu machte sie keine halben Sachen und hatte das Vorderteil ihres Rocks und einen ganzen Jackenärmel besudelt. Als er sah, wie sie ihren Mund verzog, glaubte er, sie würde einen wütenden Schrei ausstoßen, stattdessen kippte sie auf die Seite und glitt geräuschlos zu Boden.

☞ Es war noch sehr früh am Morgen. Bis auf einige schlaftrunkene und schweigsame Schichtarbeiter, die weiter hinten saßen, war das Abteil leer. Die Hochbahn überquerte den Fluss, und das Mädchen rutschte durch ihr feuchtes Erbrochenes, als der Zug eine ausgedehnte Kurve Richtung Westen beschrieb, wo die oberen Stockwerke der Hochhäuser in der Sonne leuchteten wie glühende Kohlen.

☞ Ich hatte keine große Lust, ihr zu helfen. Eine Zeit lang achtete ich nicht auf sie. Bis zu meiner Haltestelle dauerte es nur noch ein paar Minuten, und um mich rauszuhalten, genügte es, so lange wegzuschauen, die Graffitis an der Decke zu studieren oder – warum nicht? – die Verhaltensregeln für Notfälle zu lesen. Irgendjemand würde sich schon um sie kümmern. Ich war sauer auf das

Mädchen, weil ich wegen ihr wieder an Alexandre denken musste – er hatte zwei Alkoholvergiftungen gehabt, bevor er seiner kurzen Existenz ein Ende setzte, und dieses Mädchen erinnerte mich wieder daran, wie abgefuckt sie waren, wie tief die Wurzeln des Bösen reichten. Dieser Racker hatte mich völlig fertiggemacht.

☞ »Das hätte uns auch fertig gemacht«, meinte Michel etwa sechs Monate nach dem Tod von Alexandre, dabei sah er ihm tief in die Augen und legte die Hand auf seine Schulter. »Du hast eine miese Zeit hinter dir, Alter, das wissen alle hier. Es wäre uns nicht anders ergangen, Marc, Alter, *kein bisschen* anders. Es hätte uns umgehauen.«

Michel hatte ihn eine Weile fixiert, ihn umarmt und dann aufgefordert, seine fünfundvierzig Kerzen auszublasen. Alle hatten geklatscht. Außer Elisabeth, die schon auf Distanz zu ihm gegangen war.

☞ Dennoch schleifte Marc die junge Frau über den Bahnsteig – wobei er auf seine eigene Kleidung achtete – und schaffte es, sie auf eine Holzbank zu setzen, obwohl ihm niemand Beistand leistete, sich in der dünngesäten morgendlichen Menge keine barmherzige Seele fand.

Er betrachtete das Mädchen eine Weile und reimte

sich die teuflische Mischung zusammen, die sie getankt haben musste, empfand aber keinerlei Mitleid für sie. An einem Automaten kaufte er eine Flasche Wasser und hielt sie ihr hin. Sie hatte die Augen zwar einen Spalt geöffnet, es war aber dennoch unmöglich abzuschätzen, was sie mitbekam. »Überfordert« traf es nicht. »Total überfordert« traf es schon ein bisschen besser.

»Abgefuckt« passte nicht schlecht. Es war ziemlich kalt.

☞ »Du bist durchgeknallt. Du bist echt total durchgeknallt«, seufzte Michel. »Kauf dir doch einen Hund, keine Ahnung, oder geh in die Kirche oder Blut spenden … Marc, ich bitte dich, du hast dir nichts vorzuwerfen. Hör auf damit. Für den allgemeinen Wahnsinn kann man sich nicht verantwortlich fühlen. Tu dir das nicht an, stell dich nicht dümmer, als du bist.«

Er goss Marc einen kräftigen Schluck Gin ein, wie schon so oft an diesem Abend. »Und?«, fing er wieder an. »Was willst du mit ihr machen? Hast du dir das überlegt? Und wenn Elisabeth aufkreuzt?«

»Sehr witzig.«

»Täusch dich nicht. Vielleicht kennst du sie nicht so gut, wie du denkst.«

»Michel hat recht«, sagte Anne, als sie mit Gläsern eines perlenden, leuchtenden Getränks zurückkam. »Du kennst sie nicht so gut wie ich. Elisabeth ist hart im Nehmen …«

Die Musik kam von einem Wall-of-Voodoo-Album, das er ihnen geschenkt hatte.

»Wenn es einen Preis gäbe für den Typen, der sich den größten Ärger einhandelt«, fuhr Michel fort, »hättest du die besten Chancen. Kein Zweifel.« Er leerte sein Glas in einem Zug und schlüpfte zugleich in seine Jacke. »Also. Ich sage dir, was wir machen. Wir holen sie. Wir geben ihr ein bisschen Geld und bringen sie in die Stadt zurück. Jetzt sofort. Wir tun, was wir tun müssen.«

»Als ich los bin, schlief sie noch.«

»Dann wecken wir sie. Da mach dir mal keine Sorgen.«

Machte ich mir sowieso nicht wirklich.

☞ Soweit ich mich erinnerte, hatte sich Alexandre das erste Mal mit zwölf betrunken. Der Notarzt musste kommen, und seine Mutter, Julia, mit der ich damals zusammenlebte, hatte mir die gesamte Verantwortung zugeschoben, sie beklagte meinen Mangel an Fürsorglichkeit, meine Unreife, meine kriminelle Unbekümmertheit und so weiter.

Aber letztlich hatte ich das Sorgerecht bekommen, denn ich hatte auf die Erziehung verwiesen, die ein Jugendlicher bei dieser Frau erhalten würde, dass sie ein schlechtes Vorbild sei, usw. – das hatte sie nun davon.

Alles in allem war es nicht immer einfach zwischen ihm und mir, es lief nicht immer ideal, aber wir schafften es, zusammen zu leben, wir kriegten es tatsächlich hin. Das habe ich nicht vergessen. Als Elisabeth dazugekommen war, hatte sich unser Verhältnis verschlechtert. Und dabei hatten wir alles drangesetzt, um es wieder zu verbessern, ich ebenso wie Elisabeth, die Frau, mit der ich nun mein Bett, mein Schlafzimmer und mein Zuhause teilte – in guten wie in schlechten Zeiten. Keine Chance. Vernünftigen Argumenten war der Junge nicht mehr zugänglich, mit Reden kam ich nicht mehr richtig an ihn ran. Wie sollte ich ihn fragen, was nicht in Ordnung war, wenn ich nur immer wieder dieselbe blöde Antwort erhielt?

Ich konnte nicht behaupten, dass ich ein übermäßig klares Bild hatte von der Phase zwischen Julias Verschwinden und Elisabeths Ankunft – das lag größtenteils an meinem Singleleben, das mich meistens spät und fast immer betrunken nach Hause kommen ließ –, aber ich wusste, dass Alexandre und ich uns immer recht gut verstanden hatten.

Ich war überzeugt, dass ich in jenen Jahren einen annehmbaren Vater abgegeben hatte. Ich hoffte, er erinnerte sich auch noch daran, als er in mir nur noch seinen schlimmsten Feind zu sehen schien – oder bestenfalls ein Wesen von einem anderen Stern. Aber ich war mir nicht sicher.

Ich sah ihm zu, wie er mit seinen Freunden spielte und auf Bäume kletterte. Wir wohnten in der Nähe eines Sees, sie badeten, sie hatten ihren Spaß, und ich bereute keine Sekunde, dass seine Mutter uns verlassen hatte. Was für ein undurchsichtiger Schleier legt sich über den Verstand eines Mannes, wenn er sich für eine Frau entscheidet, für eine *bestimmte* Frau unter so vielen? Wann genau trifft ihn die Einsicht wie ein Schlag ins Gesicht, doch er kann nicht mehr zurück? Wann ist er verloren? Ich für meinen Teil hatte jedenfalls vollkommen danebengelegen. Nach einigen Monaten sexueller Ausschweifungen im Anschluss an unsere Hochzeit hatte sich auf geheimnisvolle Weise ein gewisser Überdruss eingeschlichen, innerhalb weniger Jahre war unsere Beziehung versandet, eine Schicht legte sich über die nächste, schließlich war ich ihrer Liaison mit dem Gefrierkostlieferanten auf die Spur gekommen und hatte lange darüber nachgedacht, sie darauf anzusprechen, weil ich hoffte, dass in mir ein bisschen Eifersucht oder etwas anderes erwachen würde, aber die Leere, die ich im Grunde meines Herzens spürte, war fast schon erschreckend.

Deshalb wollte ich über einen langen Zeitraum, wenn ich von der Arbeit nach Hause kam, so schnell wie möglich wieder weg und redete nur kurz mit ihr, dann drehte ich schon wieder eine Runde mit Alexandre oder traf mich mit ein paar Freunden auf einen Drink – und klagte über die Probleme von Vätern unter dreißig und die steigenden Preise für Babysitter.

»Ich hab's satt, mit einer Nutte zu leben«, sagte ich eines Morgens zu ihr. »Ich möchte, dass du deine Sachen packst.«

Sie ging zum Bett und zog einen Koffer darunter hervor, um mir zu zeigen, dass sie schon gepackt waren.

☞ Es war keine besonders gute Idee gewesen, dieses Mädchen mit nach Hause zu nehmen, mit ihr heimzufahren und sie in seinem Gästezimmer unterzubringen. Er wurde selbst nicht schlau daraus. Er fühlte sich, als hätte er in Trance gehandelt oder unter dem Einfluss eines verhängnisvollen Zaubers, im Übrigen war das Morgenlicht merkwürdig hell gewesen und die Luft eisig.

Zum Glück lag das Viertel noch verlassen da. Das Mädchen war ekelhaft betrunken. Zu Hause hatte Michel eine Nachricht hinterlassen und ihn für den Abend eingeladen. Als er vor der Tür stand und seine Schlüssel suchte, hatte sich das Mädchen an ihn geschmiegt, und nun stank auch er wie ein ganzer Schweinestall. Wie konnte so was passieren? So was Ekliges.

Seit er sie ins Bett gebracht hatte, schlief sie tief und fest. Bis jetzt hatte er noch nicht wirklich Gelegenheit gehabt, ihr Gesicht genauer zu betrachten, und obwohl es im Zimmer dunkel war, sah es so aus, als sei sie trotz alledem recht hübsch, und dafür schämte er sich ein bisschen. Hätte er beim erstbesten Obdachlosen genauso gehandelt? Tja. Sicher nicht. Ganz bestimmt nicht. Das musste er sich eingestehen.

Von der Terrasse aus bot sich ein weiter Blick auf die Hügel in der Ferne. Zwischen den Bäumen lange Abschnitte des Flusses, träge glitzerndes Nass. Als sie am Ufer des Sees wohnten, fand er, dass von dieser *stehenden* Wassermasse eine Art Spannung ausging. Das dahinfließende Wasser bereitete ihm hingegen überhaupt keine Probleme. Im Gegenteil. Er hatte sogar ein paar Liegestühle aufgestellt, damit man dieses Schauspiel unter idealen Bedingungen genießen konnte, und es musste schon wirklich sehr kalt oder sehr schlechtes Wetter sein, dass er auf seine kontemplative Sitzung verzichtete. Der Fluss wirkte auf den Geist wie eine Reinigungskassette auf einen Tonkopf. Seit dem

Tod von Alex gab er sich diesen Kontemplationen noch ausdauernder hin.

Irgendwann fand Elisabeth, er ginge zu weit. Trübsal blasen nütze nichts. Aber wer hatte denn behauptet, dass Trübsalblasen etwas nützen müsse? Es war nicht ihr Sohn, der sich das Hirn weggepustet hatte. Wahrscheinlich war es deshalb für sie nicht so schwer. Schön. Gut. Vielleicht hatte er einen Riesenfehler begangen, als er ihr das sagte, denn er wusste ja, wie empfindlich sie war, wie sehr sie sich in Wortgefechte und Auseinandersetzungen hineinsteigerte, aber er hatte doch recht. Mit dem Ergebnis, dass er sie seit dem Herbst kaum zu Gesicht bekommen hatte und sie sich verzog, wenn er ihr auf einer Party begegnete.

»Sie wird zurückkommen«, versicherte ihm Michel. »Halte dich bereit. *The readiness is all.* Aber ich an ihrer Stelle würde mir auch gründlich überlegen, ob ich mit dir zusammenleben wollte. Schließlich kennt sie dich ganz gut.«

»Ich habe gehört, dass sie mit irgendeinem Idioten ins Bett geht, so einem Italiener.«

»Ist doch egal, was die Leute erzählen. Konzentrier dich lieber auf deine Arbeit. Deine letzten Sachen sind beschissen.«

»Du verdienst einen Arschvoll Geld. Mit meinen beschissenen Sachen.«

»Ja, ich weiß. Furchtbar. Mein Leben ist die Hölle auf Erden. Apropos, was war eigentlich heut früh los? Du wolltest doch extra kommen, um die Sachen zu unterschreiben.«

»Ich habe meine Meinung geändert. Ich gebe keine Garantie mehr. Sag dieser Frau, dass ich kein Hellseher bin. Wir haben auch keine Erfahrung damit. Ich kann ihr nicht garantieren, dass es zehn Jahre hält. Von der Luftverschmutzung ganz zu schweigen. Sag ihr das.«

»Das werde ich ihr ganz bestimmt nicht sagen. Unmöglich. Einer von uns beiden muss ja einen kühlen Kopf bewahren.«

»Übrigens, ich muss dir was erzählen. Ich habe ein Mädchen aufgesammelt, ein besoffenes Mädchen.«

»Das ist nicht dein Ernst, oder?«

»Doch, sie ist bei mir.«

»Das ist nicht dein Ernst!«

Seine Antwort bestand aus einem Seufzer, dann warf er an Michel vorbei einen Blick auf die Anwesenden und berichtete ihm kurz. Die Wohnung war voll. Man konnte sich auf Anne verlassen, wenn es darum ging, die richtigen Leute einzuladen und für einen gelungenen Abend zu sorgen, es gab unbegrenzt zu essen und zu trinken, es war alles da, um Spaß zu haben und sich anzutörnen, Marc hatte also überhaupt keine Lust, an das Mädchen zu denken und an den Ärger, den er sich vielleicht für nichts und wieder nichts einhandelte, für einen unverständlichen Moment der Schwäche, für ein Formtief, das ihn bei ihrem Anblick ereilt hatte, als sie lammfromm und leichenblass in der eisigen Luft auf der Holzbank hin und her wankte. Dabei spendete er doch an alle Hilfsorganisationen – er schickte Schuhe, Bekleidung, Medikamente, Schecks, Konserven – warum hatte er also auch noch am frühen Morgen den barmherzigen Samariter spielen müssen, was war nur mit ihm los? Egal, wie sturzbetrunken oder high er gewesen war, so weit hatte er es noch nie getrieben mit der Nächstenliebe.

Machte das Älterwerden auch noch gefühlsduselig?

☞ Ein Teil der Einrichtung war kurz und klein geschlagen, meine Sachen waren zerfetzt, verstreut, kaputt. Die Lebensmittel aus dem Kühlschrank waren auf dem Küchenboden verteilt, die Flaschen zerschmettert, meine Klamotten in alle Richtungen geschmissen, und das lächerliche Gramm Stoff, das ich in meiner Hausapotheke verwahrte, hatte sich ebenso in Luft aufgelöst wie meine Schlaftabletten.

»Was habe ich dir gesagt…«, meinte Michel

kopfschüttelnd. »Das hast du jetzt von deiner Nächstenliebe, das ist der Dank. Na prächtig. Das hat dir gerade noch gefehlt. Eine, die weiß, wie man sich benimmt. So eine *bitch*. Wo ist bloß dein Glücksstern abgeblieben?« Er bückte sich und sammelte die Reste meiner Gibson zusammen, die das Mädchen zertrümmert hatte. Zerstreut richtete ich eine Stehlampe auf. »Ich glaube, ich bin reif für eine Woche im Hotel«, sagte ich.

»Vergiss das Hotel. Versuchen wir lieber, einen Koffer zu finden. Um das hier kümmere ich mich morgen. Aber tu mir einen Gefallen. Mach dir schon mal ein paar Gedanken über die neue Einrichtung. Diese *Fuck-off*-Attitüde bringt dich nicht weiter, das ist nicht gut für deinen Kopf. Du musst begreifen, dass Gleichgültigkeit und Unentschlossenheit ihren Preis haben. Man muss kein Unmensch sein, nur weil man sich über die Farbe seiner Vorhänge Gedanken macht, okay? Für ein Minimum guten Geschmacks musste noch niemand in der Hölle schmoren. Und es ist auch noch nie ein intelligenter Typ dadurch zum Vollidioten geworden.«

Während er damit beschäftigt war, ein paar Sachen aufzulesen, die er in einen Koffer stopfte, machte ich eine Runde durchs Haus. In meinem Schlafzimmer bemerkte ich plötzlich etwas Merkwürdiges: Das Foto von Alexandre, das ich in einer

Schublade meines Nachttischs aufbewahrte, war verschwunden. Nur der Rahmen war noch da.

»Glaubst du, sie kannte ihn?«

Ich zuckte mit den Schultern. Ich hatte keine Ahnung. Er hatte mir nie viel von den Leuten erzählt, mit denen er zu tun hatte. Nach der Trennung von Julia und nachdem ich das Sorgerecht für ihn bekommen hatte, waren wir in eine gemeinsame Wohnung gezogen, und jeder hatte dem anderen sofort volle Freiheit gewährt, deshalb schnüffelte ich genauso wenig in seinem Leben herum wie er in meinem. Ich fand, dass er sehr reif war für sein Alter. Manchmal kam ich spät von einem Konzert, einer Party oder irgendwas anderem zurück und fand ein fertiges Essen vor – aus diesem Grund war es mir ziemlich oft so vorgekommen, als sei es relativ einfach, ein Kind großzuziehen.

☞ Er sah Alexandre, wenn er morgens aufstand. Bevor er arbeiten ging, überließ er den Jungen dem Au-pair-Mädchen – das meistens hübsch, meistens blond war – und tauchte erst ziemlich spät wieder auf, zu vorgerückter Stunde. Manchmal sah er ihn das ganze Wochenende über nicht. Aber er vergaß nie, ihm Geld dazulassen, sich regelmäßig nach ihm zu erkundigen, ihn zu fragen, wie es in der Schule lief, wie es seinen Lehrern ging, usw.

Seiner Überzeugung nach hatte der Abstieg der westlichen Welt mit dem 11. September begonnen – ein Abstieg, der nun auf fast natürliche Weise seinen Tiefpunkt erreichte –, und seit diesem Tag fühlte er sich wie von einem Strudel gepackt und rettungslos nach unten gerissen und so gleichgültig gegenüber allem, dass er manchmal nicht mehr genug Energie hatte, um sich nach Hause zu schleppen.

Immer öfter wurde ihm bewusst, dass er seiner Rolle bei Alexandre nur sehr bedingt gerecht wurde, aber er schaffte es nicht, das zu ändern. Sein eigenes Leben beanspruchte ein gewisses Maß an Aufmerksamkeit, und er musste schon auch ein wenig auf sich selbst achten, seine Kräfte schonen, um dem alltäglichen Ansturm standzuhalten. Er konnte sich nicht vierundzwanzig Stunden am Tag um seinen Sohn kümmern. Es war kein Spaziergang. Das Leben war kein Spaziergang. Eher ein Gewaltmarsch.

Michel behauptete, er würde sofort mit Marc tauschen – leider kam das Geld von Annes Seite, was ihm jeglichen Mut nahm und jegliches Aufmucken im Keim erstickte. »Aber dennoch …«, meinte er. »Frei zu sein hat unzweifelhaft Vorteile. Man kann heimgehen mit wem man will und wann man will. Kann alle Möglichkeiten ins Auge fassen. Beim Essen fernsehen. Auch mal nichts sagen. Und vieles mehr. In fremden Wohnungen übernachten. Die nächstbeste Schlampe vögeln. Ich kenne so einige, die das gern mitnehmen.«

Der Himmel war tiefschwarz. Der Duft der lauen Nacht erinnerte ein bisschen an Waffeln. Sie standen mit einem Glas in der Hand und glänzenden Augen auf Michels Balkon und schauten einem Mädchen mit kurzem Rock und hellem Slip nach. Auf der anderen Seite der breiten Straße glitzerten die Lichter der leeren Büros – die höheren Stockwerke verloren sich in der Dunkelheit.

»Nicht schlecht, wie du das hinkriegst mit deinem Sohn«, fuhr er fort. »Ihr macht das gut. Die Zeit heilt alle Wunden. Ihr macht das gut, alle beide. Die Zeit hat euch in die Hände gespielt. Wirklich. So, und jetzt komm mit. Ich muss dir jemand vorstellen. Los!«

Sie gingen in einen anderen Raum, und Michel stellte ihm eine junge Frau namens Elisabeth vor, mit der er noch am selben Abend Sex hatte – bis zur Morgendämmerung.

Als er etwas später die Augen öffnete, so gegen Mittag, noch ganz benommen von den Exzessen der Nacht, betrachtete er die schlafende Frau neben sich und spürte, dass zwischen ihnen geheime Bande bestanden. »Ja, das wundert mich nicht«, sagte Michel am anderen Ende der Leitung, »ich war mir zu neunzig Prozent sicher. Ich habe mir gleich gedacht, dass sie dein Typ ist. Und sag mal, vögelt sie gut?«

»Sie raucht im Bett, das ist das Einzige, was mich stört.«

Eigentlich war er immer noch verzaubert. Er schickte Alex übers Wochenende weg.

☞ Sie blieb ein paar Tage bei ihm. Allein. Über Nacht bis zum Morgen, und dann wieder den ganzen Tag bis zum Abend. Er musste sich zurückhalten, um sie nicht dauernd zu vögeln, er befürchtete, er würde wie ein Verrückter erscheinen, ein Sexmaniac, ein Unersättlicher, aber die Pillen von Michel wirkten wie kleine Bomben und verlangten jedes Mal nach einer neuen Runde.

Zum Glück war er so geistesgegenwärtig gewesen, Alexandre von diesem Schlachtfeld fernzuhalten. Während sie ein Bad nahm, fragte er sich, wie er sie seinem Sohn vorstellen würde, falls sich etwas Längeres daraus ergeben sollte. Wie könnte im Zweifelsfall ein Zusammenleben aussehen? Gut, die Schlafzimmer lagen an den entgegengesetzten Enden des Hauses, außerdem gab es zwei Bäder, plus eine Terrasse, einen weitläufigen Wohnraum und eine große Küche, aber wäre das ausreichend? Diese Situation war völlig neu für sie. Fünf Jahre lang hatte er keine Frau nach Hause eingeladen – außer an den wenigen Wochenenden oder während der kurzen Ferien, die Alexandre bei seiner Mutter verbrachte.

Er war total überrascht, dass er schon über die verschiedenen Szenarios nachdachte, die sich durch den Einzug Elisabeths ergeben könnten. Sie hatten sich gerade erst kennengelernt.

Aber nachdem sie drei Tage komplett miteinander verbracht hatten, in denen sie kaum ein Auge zugemacht und kaum Luft geholt hatten, war er wieder zu sich gekommen, war aufgewacht und hatte sich entschlossen, während er in die Dusche stieg, dass er Elisabeth anbieten würde, zu bleiben, einzuziehen bei ihm und Alexandre, seinem Sohn, den sie schon bald kennenlernen würde.

Da sie auch gerade aufgewacht war, fragte er sie geradeheraus.

»Morgen bin ich in Shanghai«, antwortete sie – wie in Trance.

Er zögerte eine Sekunde. »Das macht nichts«, sagte er und verzog das Gesicht. »Ich bin fest entschlossen, Sie so zu nehmen, wie Sie sind … Ich bin nicht viel zu Hause. Wir werden uns nicht im Weg sein. Probieren wir es aus. Lassen Sie Ihre Möbel, wo sie sind. Wir fahren zu Ihnen, packen einen Koffer, drehen den Gashahn zu, dann nehme ich

Sie wieder mit, und die Sache ist gelaufen. Ich schlage vor, dass wir das jetzt gleich tun, solange wir noch die Kraft dafür haben – einverstanden? Denn ich brauche Sie nur anzusehen, Elisabeth, und ... Hm, wie kann ich Ihnen das wenigstens einigermaßen elegant sagen?«

Alexandre kreuzte erst im Laufe des Abends auf. Nachdem sie das letzte Mal miteinander geschlafen hatten, waren sie auf die Terrasse gegangen, damit sie nicht mehr so erhitzt aussahen. Beim Duschen hatte sie ihm einen runtergeholt, um ihn ein bisschen zu erleichtern und es ihm zu ermöglichen, sein Gerät, so gut es eben ging, in seine Jeans zu packen.

Als es dunkel wurde, hatten sie sittsam einen auf den Galapagosinseln gedrehten Tierfilm angesehen, schließlich die Nachrichten, die den Zusammenbruch der ersten Banken verkündeten – die Ratten verließen das sinkende Schiff –, und den Wetterbericht – in diesen frühen Herbsttagen verloren die Bäume ihre Blätter, und die Luft kühlte ab. Sie hatte den Kopf an seine Schulter gelehnt, während überall auf der Welt Taifune, Zyklone und Erdbeben auf Überschwemmungen, Seuchen und Vulkane folgten.

☞ Anne meinte, die Sache könne kein Zufall sein, und das Mädchen wisse ganz genau, wer Marc sei, oder sie habe ihn erkannt.

»Sie ist jedenfalls nicht gerade ein Fan von dir.«

»Ach ja? Und warum? Ich habe sie noch nie gesehen.«

Anne hatte sich und ihm einen Gin-Martini eingeschenkt. Es wurde Abend, die untergehende Sonne spiegelte sich im Hochhaus auf der anderen Seite des Boulevards – während ein leichter, von den Hügeln kommender Wind wehte –, und als er den Duft der Nacht erkannte, hielt er einen Moment lang nachdenklich inne.

Niemand konnte von sich behaupten, er sei ein Engel. Niemand konnte beteuern, er sei absolut unschuldig. Aber er hatte nichts Schlimmes auf dem Gewissen, nichts sehr Ausgefallenes, nichts Spezielles – nichts jedenfalls, was erklären konnte, warum das Mädchen seine Sachen so zugerichtet hatte.

Anne ermunterte ihn: »Denk mal scharf nach. Manchmal sind die Sachen so offensichtlich, dass man nicht darauf kommt. Die meisten Männer in meinem Bekanntenkreis hätten es verdient, in der Hölle zu schmoren. Ich wüsste nicht, warum du eine Ausnahme sein solltest.«

Er blieb lange allein und überlegte, während Anne sich zum Ausgehen fertig machte, eine knallenge Hose anzog, ihr Make-up auffrischte, dann fiel ihm ein, dass die einzig schlimme Sache, die er getan hatte und die die erwähnte Bestrafung verdiente, die Tatsache war, dass er den Selbstmord seines Sohnes nicht hatte verhindern können.

»Hey«, meinte sie, als sie in ein Taxi sprangen, »ich weiß genau, was du denkst. Jetzt kannst du dir vorstellen, in welche Richtung das geht, auch wenn manches noch im Verborgenen liegt. Das Leben ist so sonderbar, dass uns nichts mehr überraschen kann. Selbst wenn man es wollte.«

»Weißt du, manchmal kommt es mir vor, als sei Alex da, gleich hier neben mir, und wolle mit mir reden. Durch dieses Mädchen kommt alles wieder hoch. Schau dir die Härchen auf meinem Arm an.«

Er verbrachte den Abend an der Bar, in Gesellschaft von ein paar Gläsern und ansonsten völlig unbeteiligt an allem um ihn herum, der schrecklichen Musik, den Gesichtern, den Gesprächen, die man mit ihm anfing und bei denen er schon nach einer Minute abschaltete.

Er durfte sich nicht wieder den Depressionen überlassen, in die er nach dem Tod von Alex verfallen war und die Elisabeth vertrieben hatten. Sie war heute nicht da – und weiß Gott, ihre Anwesenheit hätte vieles leichter gemacht, wäre eine große Hilfe für ihn gewesen – und er wusste ganz genau, warum. Am Ende hatte sie sich geschlagen gegeben, hatte eingestanden, dass sie seinen Kummer und sein

Gejammer nicht mehr aushielt und dass sie ein bisschen Abstand brauchte, so lange, bis er sich wieder eingekriegt hatte, denn sie wollte nicht auch noch verrückt werden.

Ganz offensichtlich hatte er die Veränderung, die sie von ihm erwartete, noch nicht vollzogen.

Er fühlte sich allein. Sie ließ nur selten etwas von sich hören. Meistens sprach sie mit Anne. Ihr letzter Anruf kam aus Italien.

»Hat sie sich erkundigt, ob ich noch am Leben bin?« Diese Frage war nur noch ein kläglicher Scherz, aber er stellte sie immer wieder, obwohl er kaum noch zu hoffen wagte, dass sie eines Tages zurückkommen würde – Anne und Michel waren jedoch vom Gegenteil überzeugt, das behaupteten sie jedenfalls. »Sie hat gefragt, wie es dir geht.«

»Von wegen.«

☞ Auf der Rückfahrt im Taxi löcherte mich Anne wegen möglicher Geschichten aus meiner Vergangenheit, die heute wieder hochschießen könnten wie giftiges Unkraut und in irgendeiner Weise eine Gefahr für sie bedeuteten – aber mein Kopf war voller Alkohol und mein Hirn eingelullt mit Stoff, so dass mich so ein Rückblick komplett überforderte. »Das hat doch Zeit bis morgen, oder?«, sagte ich zu ihr. »Lass mich mal verschnaufen.«

»Ich heiße nicht Michel. Ich kann ein Geheimnis für mich behalten.«

»Ich habe niemand umgebracht. Ich habe niemand ruiniert. Ich habe niemand mit irgendeiner Scheiße angesteckt. Was denn noch?«

»Woher soll ich das wissen? Wir müssen aufpassen. Ich weiß doch auch nicht, was sich dieses Mädchen in den Kopf gesetzt hat, du Knalltüte.«

Ich hatte mich für ein paar Tage in ihrem Wohnzimmer eingerichtet, während mein Schlafzimmer wieder auf Vordermann gebracht, Vorhänge aufgehängt und die Möbel repariert wurden. Ich zahlte das Taxi, sog ein paar Züge frische Luft ein und lauschte den Bäumen, die in der kühlen Nacht zitterten, dann folgte ich Anne und stürzte mich mit ausgestreckten Armen auf das Sofa wie ein Schiffbrüchiger auf seine Insel, aber ich hörte, wie sie Gläser holte und den Eiswürfelautomaten bediente. Ich kannte keine andere Frau, die so viel vertrug. Kein Alkohol, keine Droge schien mit ihren Kräften und ihrem Gleichgewichtssinn fertig zu werden. Anne schlief nur ein paar Stunden pro Nacht. Man konnte immer auf ihre Gesellschaft zählen.

»Du weißt, dass ich immer der Meinung war, Alexandre sei homosexuell«, fuhr sie fort. »Na gut. Vielleicht hab ich mich ja getäuscht.«

»Na endlich! Wie oft habe ich dir das gesagt? Wie oft habe ich dir gesagt, du sollst dir das aus dem Kopf schlagen?«

»Schon gut. Nimm's mir nicht übel.«

»Kein bisschen. Das kommt mir gar nicht in den Sinn. Jeder hat ein Anrecht darauf, sich die unwahrscheinlichsten Geschichten auszudenken. Du, ich glaube, es ist wirklich schon verdammt spät. Ich glaube, die Zeit der tiefgründigen Betrachtungen ist vorüber.«

»Und wenn sie seine Freundin gewesen ist?«

»Was?«

»Und sich irgendwas in den Kopf gesetzt hat. Bist du dir ganz sicher, dass du sie noch nie gesehen hast?«

»Wie kann man nur so viel Phantasie haben? Wie kann man nur solche Sachen erfinden? Das ist ja sagenhaft. Du bist total krank.«

»Sie ist dir ja wohl nicht aus purem Zufall über den Weg gelaufen. Sie hat dir so was wie eine Falle gestellt, das hat sie bestimmt irgendwie ausgeheckt. Ich finde es krass, wie wenig du dich für ihn interessiert hast. So wenig, dass du nicht einmal weißt, ob er eine Freundin hatte. Das haut mich um.«

Sie hatte recht. Ich wäre nicht in der Lage gewesen, mich an die Gesichter von Alex' Freunden zu erinnern – sofern er welche hatte – oder auch nur das Geringste zu seinem Tagesablauf zu sagen, wenn er nicht in der Schule war. Ich hatte nichts mitgekriegt. Ich hatte ihn angeschaut, ohne ihn je richtig zu sehen. Im Laufe der Zeit hatte ich mich einfach nur noch damit begnügt, seine Vitalfunktionen zu kontrollieren – also nachzusehen, ob er noch lebte, mehr nicht. Dienst nach Vorschrift.

Anne reichte mir ein Glas. »Ich muss sie wiederfinden«, sagte ich. »Unbedingt.«

»Wir werden sie wiederfinden. Mach dir keine Sorgen. Michel kümmert sich intensiv darum. Aber das wird dir nicht viel helfen. Die hat sicher einen an der Klatsche. Davon kann man ausgehen, was meinst du? Oder eine Stinkwut.«

Sie ließ sich neben mich auf das Sofa fallen und schwieg. Bevor sie sich für Michel entschieden hatte, waren wir miteinander ins Bett gegangen, und diese Sache machte die Atmosphäre zwischen uns einen Tick undurchsichtig – immerhin hatten wir, soweit ich mich erinnere, ausgiebig und leidenschaftlich gevögelt; wir waren jünger gewesen, und was das anbelangte, hatte es keinen Grund zur Klage gegeben. Deshalb schwebte dieses Damoklesschwert über uns, und wenn wir den Kopf verloren, konnte es uns jederzeit durchbohren. Die Gefahr lauerte, wenn Michel weg war und wir uns allein in einem Raum befanden, wenn sie sich hinsetzte und die Beine ein bisschen zu sehr übereinanderschlug, wenn sie hinter mir vorbeiging und mich versehentlich streifte, ihr Duft über mich kam und in mich drang wie ein süßlicher Alkohol, ein dunkler Sporn. Zum Glück wussten wir beide, dass wir einen schweren Fehler machen würden, wenn wir uns gehenließen, wir wussten beide, was wir wegen einer schnellen Nummer zu verlieren hatten, wie teuer uns das zu stehen kommen konnte.

Soweit ich informiert war, befriedigte Michel sie nicht mehr besonders. Nach dem, was er mir darüber erzählte – und den ziemlich unverblümten Annäherungsversuchen nach zu urteilen, die sie bei mir machte. Auch ihre immer gewagteren Blicke in meine Richtung ließen darauf schließen. Über alldem lag ohne Zweifel eine gewisse Freudlosigkeit, aber keiner von uns beiden wagte zu hoffen, dass sich die Dinge in dieser Hinsicht eines Tages bessern würden.

»Nimm deine Hand von meinem Bein«, bat ich sie. »Weißt du, wie spät es ist? Willst du nicht ins Bett gehen? Glaub bloß nicht, dass ich in diesem Zustand noch einen hochkriege, Anne. Ich bin tot.«

»Ich muss wieder an dieses Mädchen denken. Ich werde kein Auge zumachen können, das merke ich. Es war schweineheiß in dieser Wohnung, ich wäre fast umgekippt, du könntest dir ein bisschen Mühe geben... Sieht so aus, als wollte sie deine Aufmerksamkeit erregen, oder? Findest du nicht?«

☞ Das Mädchen hieß Gloria, sie war ungefähr zwanzig und hasste Marc, noch bevor sie ihn kennenlernte. Die ersten Herbsttage waren ziemlich kühl – und bei Wind bisweilen eiskalt –, so dass die ersten Treffen der beiden drinnen stattfanden, im grellen Neonlicht auf harten Bänken, an klimatisierten, öffentlichen Orten, denen nicht nur jeglicher Charme fehlte, sondern die in Sachen Gemütlichkeit als geradezu trostlos bezeichnet werden mussten.

»Ja, ich lebe mit einer Frau zusammen, allerdings sehe ich sie kaum noch. Aber wie du bemerkt hast, gibt es ein großes Gästezimmer, das kannst du nutzen. Du störst mich überhaupt nicht. Wenn dir das weiterhilft. Es ist Platz genug.«

»Was soll denn das heißen, mit jemand zusammenleben, wenn man ihn kaum noch sieht?«

»Das soll heißen, dass man jedes Mal erstaunt ist, wenn die Person zurückkommt.«

Sie trommelte mit den Nägeln auf den Tisch – und vermied es, ihn anzusehen. Sie hatte ein hübsches Profil.

Er konnte das Hassgefühl, das er in diesem

Mädchen auslöste, regelrecht spüren, diesen heißen Strahl, den sie auf ihn richtete, sie musste sich beherrschen, nicht die Lippen aufeinanderzupressen, nicht den Mund zu verziehen, nicht laut aufzustöhnen – fast hätte sie eine Sonnenbrille tragen müssen –, aber offensichtlich gab es etwas anderes, das sie zu ihm hinzog. Eine ebenso starke Kraft.

»Hör mal«, sagte er zu ihr, »ich biete dir das wirklich gerne an. Keine Ahnung, ob Alexandre viel von mir gesprochen hat, aber du wirst ja wohl wissen, dass ich meine Ruhe haben will, dieser Ruf eilt mir voraus, also versteh mich richtig, du würdest mich nicht im Geringsten stören. Wenn mir das nicht recht wäre, würde ich es dir gar nicht erst anbieten. Das kannst du mir glauben. Du hättest einen Ort für dich. Du müsstest die Toilette und das Bad nicht mit Heerscharen von Leuten teilen, das Haus ist ziemlich groß, du hättest deinen eigenen Kühlschrank, was hältst du davon? *Gloria* ist ein schöner Name, gefällt mir.«

»Ob er Ihnen gefällt oder nicht, ist mir völlig egal«, meinte sie.

»Am Ende hat Alexandre auch in diesem Ton mit mir geredet. Da war ich nicht besonders scharf drauf, ihm zu helfen.«

»Es ist ganz einfach – ich habe ein Problem damit, etwas anzunehmen, was Sie ihm verweigert haben. Wundert Sie das etwa? Ich habe ein Problem damit. Da stimmt was nicht.«

Er strich sich übers Kinn. »Gloria«, seufzte er, »ist schon gut, kümmere dich einfach um deinen eigenen Kram. Im Gegenzug für meine Gastfreundschaft bitte ich dich um ein bisschen Verständnis, wenn das nicht zu viel verlangt ist. Ich bin dir keine Rechenschaft schuldig. Wenn ich über ihn reden möchte, sage ich dir Bescheid. Wir haben fast Ende November. Bald ist es gerade mal ein Jahr her. Das ist noch nicht lange.«

Sie machte eine heftige Bewegung und stieß ihr Glas um. Schwer, daraus schlau zu werden. Wie auch immer, sie zuckte nicht mit der Wimper und machte keinerlei Anstalten, es wieder aufzustellen.

Es war zu spät, er konnte nicht mehr zurück. Einen Großteil der Nacht war er damit beschäftigt, über alle Aspekte dieser Sache nachzudenken, er wälzte sich ruhelos in seinem Bett, als hätte er zu viele Amphetamine genommen, aber ihm fiel keine Lösung ein, wie er sich noch aus der Affäre ziehen könnte – nun, da er sich nicht mehr sicher war, ob er wirklich an seiner Einladung festhalten wollte, weil er sah, was es bedeutete, nun also zögerte er.

In der Morgendämmerung klingelte das Telefon, und er hörte die Stimme von Elisabeth sagen, er solle drangehen, aber er rührte sich nicht.

Nichts bringt einen zuverlässiger um den Schlaf als diese unerträgliche Mischung aus Lähmung und Nervosität. Am Morgen quälte er sich aus dem Bett. Bevor er losging, überprüfte er, ob Elisabeth irgendetwas Wesentliches auf den Anrufbeantworter gesprochen hatte. Es war ein wenig kühl. Der Norden übernahm wieder das Kommando, die Blätter wirbelten davon, die Tage wurden kürzer. Er ließ sein Auto am Bahnhof stehen und nahm die öffentlichen Verkehrsmittel, um auf die andere Seite der Stadt zu fahren. Er fragte sich, wo seine Frau wohl gerade war, was sie diesmal aufhielt, aus welchem fadenscheinigen Grund sie wieder nicht heimkam. Seit zwei oder drei Monaten lebte er praktisch allein. Man musste schon Anne oder Michel heißen, um auch nur eine Sekunde daran zu glauben, dass Elisabeth zurückkommen und wieder ein normales Leben mit ihm führen würde. Da bestand wirklich keinerlei Aussicht mehr darauf, man brauchte sich nur ihre Telefonate anhören, diese dürftigen und erbärmlichen Gespräche, um die Zukunft vorherzusagen. Überhaupt war es praktisch ausgeschlossen, Dinge im Nachhinein wiedergutzumachen, so dass er lieber darüber lächelte. Die Stationen waren noch ausgestorben, die Bahnsteige fast menschenleer, dann schossen die Waggons aus der Erde, erhoben sich über den Fluss, als der Morgen dämmerte, und zogen eine weite Schleife nach Westen. Bei seiner Ankunft erwartete ihn sein Fahrrad, ein Modell aus Karbon, das er immer bei der Gepäckaufbewahrung ließ und das ihm seine Dosis Morgengymnastik verschaffte, eine wohltuende Strapaze, bevor er sich an die Arbeit machte. Eines Tages würde es ihm gestohlen werden, das wusste er, und das war kein angenehmer Gedanke. Aber was währt schon ewig.

Die Produkte, die er für seine Werke verwendete, waren nicht nur lebensgefährlich, zerfraßen ihm also nicht nur Gehirn und Lunge, sondern es gab auch Probleme mit ihrer Haltbarkeit unter gewissen Umwelteinflüssen. Genauer gesagt mit ihrer *Nicht*-Haltbarkeit. Materialien verwitterten, Lacke sprangen ab, Kleber fraßen sich ins Plastik, Farben verblichen an der Luft oder bildeten Blasen, Gewebe zerfaserten, Plexiglas vergilbte und bekam dann Risse usw., kurzum, seine Arbeit war einem beschleunigten Verfall ausgesetzt, sie litt unter seinen mangelnden Chemiekenntnissen. Rund ein Dutzend Stücke waren zurückgekommen, damit er sie wieder instand setzte. Bei dem, was die Dinger kosteten, war das nicht zu viel verlangt. Man musste auch bedenken, was für eine Gefahr sie nun beispielsweise in einer Wohnung darstellten, in der Kinder herumrannten, wo sie von den Wänden fielen, sich von ihren Rahmen lösten, einstürzten wie Schlossruinen und wieder zu Staub wurden, zu nichts.

Es war jede Menge zu tun. Bei einer ganzen Serie hatte es die Silikondichtungen zerrissen, als sie mit einem geschmolzenen Material in Berührung gekommen waren, und die Käuferin dieser Werke – sie hatte im Prêt-à-porter oder weiß Gott wo ihr Vermögen verdient – ließ die ganze Stadt an ihrem Ärger teilhaben.

Als er das Atelier aufsperrte, war es schon richtig hell geworden. Er hatte Glück, dass er mit fünfundvierzig noch spät – und sogar total high – ins Bett gehen konnte und in aller Frühe voll einsatzfähig war und bereit, in der blassroten Morgenfrische wieder einen neuen Tag in Angriff zu nehmen. Seine Mutter hatte immer gesagt, das sei ein Segen. Den er von seinem verdammten Vater geerbt hätte.

Er zog einen Overall an. Rückte die Schutzmaske auf seiner Nase zurecht. Er untersuchte gerade die Düse seiner Klebepistole, die anscheinend verstopft war, als er bemerkte, dass Gloria mitten im Hof stand.

»Du bist ziemlich früh auf den Beinen für dein Alter«, rief er ihr zu.

»Ja, ich bin auf dem Weg ins Bett.«

Er nickte und lächelte dann doch.

»Jedenfalls habe ich über Ihr Angebot nachgedacht«, sagte sie. »Ich nehme es an. Ich bin gekommen, um Ihnen zu sagen, dass meine Tasche gepackt ist.«

»Gut. Endlich hast du dir einen Ruck gegeben. Schön, dass ich dir einen Gefallen tun kann. Darüber hätte sich Alex gefreut. Das weiß ich. Dass ich dir ein bisschen helfen kann, dass ich dir gegenüber großzügig bin. Ich gebe dir gleich einen Schlüssel. Gloria, ich hätte fast Lust, mich bei dir zu bedanken. Glaub mir.«

»Ich muss meine Tasche abholen. Könnten Sie mir nicht tragen helfen?«

»Ich soll dir deine Tasche tragen helfen? Hat die denn keine Rollen?«

»Ich habe keine Ahnung. Ich habe nicht nachgeschaut.«

Er nickte langsam. Schließlich wies er auf einen Stuhl. »Einverstanden. Setz dich einfach da hin und warte, bis ich fertig bin. Ich brauche so eine knappe Stunde.«

☞ Michel schien die Frage umzutreiben, wohin das alles führen würde. Während er sie im Bademantel durchs Wohnzimmer gehen sah, wirkte es, als würde er unmerklich auf seinem Sitz zusammenschrumpfen, dann meinte er, er könne zwar keine Erklärung liefern für die widerstrebenden Gefühle, die Gloria bei ihm auslöse, aber ich solle mich in Acht nehmen.

»Ich traue ihr nicht, Marc, was soll ich dir anderes sagen? Ich werde dir nicht sagen, dass sie mir Vertrauen einflößt, wenn ich das genaue Gegenteil empfinde. Du hast mich nach meiner Meinung gefragt, ich sage sie dir. Außerdem könntest du ihr Vater sein, damit fängt es schon an. Das ist wirklich widerwärtig.«

»Entschuldige mal, aber wovon redest du eigentlich?«

»Von nichts. Von den Schwierigkeiten, die es unweigerlich gibt, wenn ein Typ in deinem Alter mit einer Zwanzigjährigen zusammenwohnt. Für mich bist du nicht besser als jeder andere. Womit habe ich das verdient? Was bin ich doch für ein Idiot! Da habe ich mir so viel Mühe gegeben. Wenn ich das gewusst hätte.«

»Wovon redest du nur?«

»Scheiße, es sieht einfach so aus, als ob sie bei dir eingezogen wäre. Wenn ich das gewusst hätte. Dann hätte ich mir kein Bein ausgerissen, hätte mir nicht all die Mühe gemacht, sie wiederzufinden. Ich war wirklich bescheuert. Von jetzt an ist das also ihr Zuhause, stimmt's, oder täusche ich mich?« Er pfiff laut durch die Zähne. »Aber bist du dir über alle Folgen im Klaren?«, fuhr er mit düsterer Stimme fort. »Warum beachtest du nicht einmal die einfachsten Regeln?«

Wir waren seit vielen Jahren befreundet. Ich hatte das Gefühl, dass ich auf seine Vorbehalte eingehen müsse, und dachte einen Augenblick über sie nach – nur ein paar Sekunden –, um ihn dann eilends zu beruhigen. Es war alles viel einfacher, als er dachte. Gloria war Alexandres Freundin gewesen, und das reichte mir. Viel mehr gab es da nicht zu sagen. Nur ein Vater konnte solche Dinge nachempfinden. Auch wenn er ein miserabler Vater war, das Billigmodell aus Blech.

Doch damit konnte ich ihn nicht überzeugen. »Elisabeth wird mich umbringen«, stöhnte er jetzt.

»Hör mir auf mit Elisabeth. Hört auf damit, verschont mich! Das wird langsam grotesk. Wollt ihr noch lange an diesem Trugbild festhalten?«

»Wir kennen sie besser als du, mein Lieber. Ihr seid füreinander gemacht.«

»Sehr gut. Hervorragend. Pass auf, du hast dir nichts vorzuwerfen. Entspann dich. Sei ganz beruhigt. Noch mal herzlichen Dank dafür, dass du Gloria wiedergefunden hast. Ich werde eine kleine Runde organisieren, ein Essen, was meinst du? Früher oder später müsst ihr euch kennenlernen.«

»Hm. Tja. Ehrlich gesagt – ich weiß nicht recht.«

»Ach komm, ich bitte dich. Sei nicht blöd. Sei nicht so zickig. Ab und an könntest du dich auch mal auf meine Seite stellen.«

Er war gekommen, um mir neue Spraydosen zu bringen. Ich testete sie für eine der Firmen, die meine Arbeit mitfinanzierten. Die breite Farbpalette wurde in ganz Europa gelobt – Banksy benutzte dieselbe Marke –, ebenso wie die Widerstandsfähigkeit der Produkte gegen Wettereinflüsse. Sie waren teuer, aber manchmal genügte eine Schicht.

Er nahm die Dosen aus einer Tasche, stellte sie in einer Reihe auf den Couchtisch und schielte dabei zu der Tür, hinter der Gloria verschwunden war.

»Jetzt bleib mal entspannt«, sagte ich.

Er seufzte: »Für mich bist du wie ein etwas beschränkter kleiner Bruder, ich fühle mich verantwortlich.«

Das musste er nicht extra betonen. Die Aufmerksamkeit, die er mir entgegenbrachte, hatte schon nach Alex' Tod zugenommen und war dann mit dem Fernbleiben von Elisabeth nochmals gestiegen – er dachte einzig an meine Gesundheit und wollte immer nur mein Bestes, so dass Anne ihn manchmal zurechtwies: »Lass ihn doch mal in Frieden. Hör auf, dich dauernd mit ihm zu befassen« – worauf er das Gesicht verzog.

Michel war fünf Jahre älter als ich. Heute waren wir, trotz der Halbstarken, die wir gewesen, und der Geschichten, in die wir damals und später verwickelt gewesen waren, respektable Bürger geworden. Das war kaum zu glauben – und hatte nicht nur schlechte Seiten. Echte Bourgeois. Männer, die richtig *mitmischten*. Fest im Sattel saßen. Mit schneeweißer Weste. Ich sah ihm nach, wie er zu seinem Wagen zurückging. Gebeugt von den Sorgen, die ich ihm bereitete, und vom ganzen Rest. Er drehte sich um und warf einen letzten Blick zurück auf das Haus.

»Das passt ihm nicht«, meinte Gloria hinter mir. »Das passt ihm *überhaupt* nicht.«

Ich winkte ab. »Pah, ist doch egal, ob ihm das passt oder nicht. Ganz egal. Alles in Ordnung. Fühl dich wie zu Hause. Hast du genug Platz in den Schränken? Brauchst du ein Regal?«

»Nein, alles gut so weit. Mehr Handtücher im Bad wären nicht schlecht. Ich bade meistens am späten Nachmittag.«

»Sehr gut. Ich werde im Erdgeschoss duschen. Ich mache mir eh nicht viel aus Baden. Ich habe nichts dagegen, aber eben nur ab und zu.«

»Ich habe nicht vor, lange zu bleiben.«

»Das musst du wissen, Gloria.«

»Wenn Ihre Frau zurückkommt, ziehe ich weiter.«

»Warum nicht? Es gibt recht schöne Campingplätze am Stadtrand. Kleiner Witz. Jetzt hör mir mal gut zu. Elisabeth wird nicht zurückkommen, muss ich mir das erst auf die Stirn tätowieren lassen? Es gibt *keinerlei* Gründe dafür. Sie ist eine intelligente Frau. Ich sag's dir nicht noch hundertmal, Gloria. Du bist hier herzlich willkommen. Fertig, Schluss. Davon können wir ausgehen. Machen wir's nicht so kompliziert.«

Sie gab vor, sich für die Proben zu interessieren, die Michel vor mir aufgebaut hatte. »Was ist das?«

Ich sah wieder die Szene am Morgen von Alex' Beerdigung vor mir, als Julia sich mit einem Schlagring auf mich gestürzt und mir den Kiefer gebrochen hatte – keine Ahnung, wo sie das Ding herhatte. Wieder einmal machte sie mich für all unsere Probleme verantwortlich, auch für den Tod unseres Sohns, den ich aus Unfähigkeit, durch mein Versagen als Vater verursacht hätte. Durch den Hieb landete ich auf einer Pyramide aus Spraydosen, die in der Eingangshalle meines Sponsors – Banksy hatte denselben – aufgebaut war. Sie krachten in alle Richtungen. Totales Chaos. Eine schreckliche Erinnerung.

»Sprayfarben«, antwortete ich.

Ich erklärte ihr, dass ich nicht mehr auf Mauern sprayte, sondern auf Leinwände und alle anderen

Materialien, die man transportieren und in einer Galerie unterbringen konnte. »Das minimiert das Risiko«, führte ich aus, »was das Finanzielle angeht. Je kleiner die Sachen sind, desto besser verkaufen sie sich. Meinen größten Umsatz habe ich mit zwanzig Zentimeter großen Figuren gemacht. Kunstharz kriegst du für wenig Geld, da kannst du's dir ausrechnen. Ich glaubte schon, ich müsste zum Steuerflüchtling werden. Aber dann hätte die ganze Welt auf mich gespuckt, deshalb habe ich darauf verzichtet. Wir leben nur einmal, wir haben keine zweite Seele im Kofferraum.«

☞ Anne fand, dass Michel nicht mehr auf der Höhe war. Was den Sex anbelangte. Außerdem wollte sie sehen, wie die Dinge zwischen Gloria und mir standen.

»Anne. Jetzt fang du nicht auch noch an. Was hat euch gepackt?«

»Es ist ja nicht so, dass das irgendeine Studentin ist, an die du ein Zimmer vermietest. So ist es ja nicht. Ich darf dich daran erinnern, dass du nicht alleine lebst. Und untersteh dich zu fragen, was mich gepackt hat.«

Sie hatte einen bitteren Zug um den Mund. Sie hätte niemals zugegeben, dass sie irgendeinen Anspruch auf mich erhob, aber genau das war der

Fall, und der feindselige Glanz, der in ihren Augen brannte, erlaubte nicht den geringsten Zweifel daran.

»Hast du mal darüber nachgedacht, dass dieses Mädchen irgendwelche Hintergedanken haben könnte?«

Sie schaute weg, leiser Schmerz in ihrem Gesicht.

»Du machst einen Fehler, wenn du das alles wieder heraufbeschwörst«, fing sie wieder an. »Den Tod von Alex kannst du damit nicht ungeschehen machen. Ohne uns hättest du es nicht geschafft. Wie oft hast du dich in meinen Armen ausgeheult? Wie viele Pillen hast du geschluckt, um dich über Wasser zu halten? Hast du das schon vergessen? Du bist ein gebranntes Kind, willst aber noch mal ins Feuer langen? Manchmal bist du ein bisschen gestört, oder?«

Ich beugte mich hinüber und streichelte ihren Oberschenkel, was sie ziemlich schnell verstummen ließ. Es war nicht besonders ehrenhaft von mir, mit dem Verlangen zu spielen, das sie für mich empfand, es war, als würde ich sie als Geisel halten, aber ich war nicht in der Verfassung, mit ihr über die Anwesenheit von Gloria in meiner Wohnung zu diskutieren. »Mach dir keine Sorgen«, sagte ich ihr. »Das musst du wirklich nicht. Was uns nicht umbringt, macht uns stark, das weißt du doch.« Dann streichelte ich sie auch noch im Nacken – und ging das Risiko ein, dass sie schwach wurde. »Na also, beruhige dich. Die Welt ist nicht zusammengestürzt. Alles beim Alten. Du riechst gut. Wie dem auch sei, Michel hat es mir gegenüber mit keinem Wort erwähnt.«

»Er will mit niemandem darüber reden.«

»Also, das ist wirklich unglaublich, was du mir da erzählst. Bist du sicher?«

»Die Tabletten wirken bei ihm praktisch gar nicht mehr. Meistens hat er nicht mal eine richtige Erektion. Versetz dich in meine Lage. Du bist sein Freund. Du könntest mit ihm reden.«

»Das ist ein heikles Thema. Das ist nicht so einfach. Freundschaft ist kein Zaubertrank.«

Über die Schulter von Anne hinweg bemerkte ich Gloria, die unten, neben einer jungen Roteichengruppe, die sich leicht im Wind bewegte, am Telefon hing – ich war wie hypnotisiert von ihr. Was hatte ich zu verlieren? Gab es irgendetwas, das ich nicht aufs Spiel setzen durfte, das es wirklich wert war, über das es sich lohnte nachzudenken? Was sollte ich bewahren? Was retten, was behalten? Die Antwort war einfach.

»Geht er wenigstens zum Arzt?«, fragte ich.

»Er doch nicht, du machst wohl Witze. Er –

zum Arzt gehen? Er würde lieber krepieren. Wenn du wüsstest, was er für ein Theater gemacht hat, bis er sich hat Blut abnehmen lassen. Kindischer geht's nicht.«

»Anne, ich hoffe, du weißt, dass man solche Probleme äußerst vorsichtig ansprechen muss. Man muss geschickt vorgehen. Taktgefühl haben, psychologisches Gespür beweisen. Ein Wort zu viel, ein falsche Geste, und du zerstörst ein Leben. Du begräbst den armen Kerl lebendig. Es ist nun mal leider so, dass Versagensängste immer nur neues Versagen verursachen.«

»Danke, das weiß ich auch. Hältst du mich für blöd? Ich habe ihn nicht angesehen und schallend gelacht. Auch nicht losgeprustet. Dafür mag ich ihn viel zu sehr. Aber dennoch. Ich bin sexuell frustriert. Im wahrsten Sinne des Wortes.«

»Erspar mir diese Details, ich bitte dich. Wir haben feste Regeln. Halt dich dran. Ich werde jedenfalls mit ihm reden. Vielleicht ist es ja bald überstanden.«

»Leider nicht, fürchte ich. Ich bin eine Frau, weißt du. Wir Frauen spüren so was. Wir haben das letzte Mal vorigen Monat miteinander geschlafen, kannst du dir das vorstellen?«

»Ja, klar.«

Ich sah sie am Abend wieder, bei einer Vernissage,

die später in einem Loft weiterging, im Dachgeschoss einer stillgelegten Textilfabrik, vor einer Szenerie aus frischgestrichenen Eisenträgern, unverputzten Ziegelwänden, Scheinwerfern, gläsernen Schiebetüren – die Musik war laut, und irgendein Video wurde an die Decke projiziert. Ich war ziemlich angeheitert und stand mit einem Haufen Knallköpfe herum, die mich zum Lachen brachten. Anne zog mich zu einer kleinen Gruppe junger Frauen, die sich nacheinander über einen Spiegel beugten und sich das Zahnfleisch rieben – an manchen Abenden war ich stehend k. o., total groggy, und nachdem mein Geist hell geleuchtet hatte, war er dann plötzlich wie ausgelöscht, manchmal war diese Umnachtung notwendig, und ihr Fehlen, ihre Abwesenheit wurde nach einer gewissen Zeit absolut unerträglich, und sie musste sich so schnell wie möglich einstellen, am besten noch am selben Abend, wenn es danach irgendwie weitergehen sollte.

Alex' Tod hatte meinen Umgang mit all diesen Substanzen nicht gerade verbessert. Er hatte ihn intensiviert. Ich war vielleicht noch kein kompletter Alkoholiker geworden und auch noch kein totaler Junkie, auf den schon begierig die Dämonen warteten, aber wenn ich so weitermachte, würde es nicht mehr lange dauern.

»Wo ist denn Michel abgeblieben?«, fragte ich, als ich wieder von dem Spiegel aufsah, den mir die Frauen hinhielten. »Ich dachte, ihr kommt zusammen.«

»Ich weiß nicht, wo er ist«, meinte sie kühl. »Ich habe keinen blassen Schimmer.«

Wir begannen, zu einer dröhnend lauten Musik zu tanzen, und das machte ganz schön durstig. Ich ging los, um zwei Getränke zu holen. Der Barmann fragte mich, ob ich den Softdrink normal oder light haben wolle. »Nehmen Sie, was gerade da ist«, sagte ich. »Um diese Zeit spielt das eh keine Rolle mehr.« Ich schwitzte, weil ich mich so heftig und so lange verausgabt hatte, mit geballten Fäusten und geschlossenen Augen hatte ich getanzt, headbangend, hüftschwingend und stampfend wie ein gottverdammter Derwisch.

»Mach ich Ihnen«, antwortete er. »Sie sollten sich inzwischen abtrocknen. So sollten Sie jedenfalls nicht bleiben. Haben Sie jemand, der Sie nach Hause bringt?« Ich sah ihn mir einen Moment lang an, es war ein junger Mann mit hellbraunen Haaren und einem dünnen Schnurrbart. »Sehe ich so aus, als würde ich es nicht allein nach Hause schaffen?«, meinte ich. »Ich glaube, du brauchst 'ne Brille, mein Bester. Du bist wohl neu hier.«

Dennoch ging ich in Richtung Toiletten. Ein paar

Raucher drängten sich um ein Fenster, und ich fröstelte in dem lauwarmen Luftzug.

Ich ging pinkeln, dann rieb ich mir den Kopf ab. Da sprang der junge Typ aus dem Halbdunkel und schmiegte sich an mich, umschloss meinen Hintern mit seinen Händen, schleckte mir buchstäblich das Gesicht ab, während er mir einen seiner Schenkel zwischen meine schob.

Aber schließlich schob ich ihn weg. »Genug für heute«, sagte ich.

☞ Er hatte immer gehört, dass sein Sohn ein super Typ sei, und war selbst ziemlich sicher, dass das stimmte. So gesehen, interessierte Gloria ihn unheimlich. Warum hatte sie es Alex angetan, wie hatte sie seine Aufmerksamkeit erlangt? Vielleicht, sagte er sich, musste man mit einer Erscheinung rechnen, stieß letzten Endes auf einen Engel. Alex hatte sich natürlich nicht zufällig für sie entschieden. Sie nicht anzusehen, wenn sie irgendwo in der Nähe war, zum Beispiel wegzuschauen, wenn sie sich die Schuhe anzog oder ihre Nägel betrachtete, sich streckte oder weiß Gott was machte, war ein Vorsatz, von dem er sich schnell verabschiedet hatte.

Es wurde Abend, und der Himmel verfärbte sich goldbraun. Er fragte sie, ob sie sich gut eingelebt habe. Sie nickte.

»Jedenfalls ist es freundlicher so. Besser als vorher«, meinte sie, als sie sich umsah.

»Schade um die Gibson«, sagte er. »An der hing ich wirklich. Das war das Einzige hier, das du hättest verschonen sollen.«

»Ach ja? Tut mir leid.«

Er bot ihr ein Glas Wein an. »Hätten Sie nicht auch ein Bier da?« Er hatte es ins Gemüsefach des Kühlschranks gelegt, trotz seiner Bedenken und der Erinnerung daran, wie sie in der Metro alles vollgekotzt und sich dann darin gewälzt hatte. Er konnte gar nicht sagen, wie sehr dieses Bild ihn aus der Fassung brachte – eine geschlagene Minute lang.

Er brachte ihr ein Bier von einer recht gewöhnlichen Marke, das aber schön kalt war.

»Ihnen muss doch sterbenslangweilig sein hier«, meinte sie und riss ihre Dose auf. »Da muss man's ruhig mögen.«

»Ja, aber irgendwann gewöhnt man sich dran. Früher oder später gewöhnt man sich dran.«

Sie nickte wieder.

»Ich folgte Ihnen schon eine Weile. Ich wusste, dass unsere Wege sich kreuzen würden. Früher oder später.«

»Ich finde das sensationell. Dass wir hier sind, dass wir uns kennengelernt haben, das finde ich sensationell. Das ist so natürlich. Du bist doch fast meine Schwiegertochter, oder? Mir kommt es jedenfalls so vor.«

»Das hätte durchaus passieren können. Wir waren fast so weit.«

Seit dem Tod von Alexandre war fast ein Jahr vergangen, aber der Schmerz war noch immer groß, und Gloria ließ ihn wiederaufflammen, was auch sein Gutes hatte. Der letzte Lichtschein vor der Finsternis.

Für einen Novemberabend war es noch mild. Die Fenster standen einen Spaltbreit offen, und die hereindringende Luft roch nach frisch abgekühlter Erde.

»Ich habe einen Riesenhass auf Sie geschoben«, meinte sie.

»Ja, das habe ich gemerkt. Die Message war ziemlich eindeutig.«

»Wegen allem, was Sie ihm angetan haben.«

Darauf antwortete er lieber nicht. Er weigerte sich, alles, was schiefgelaufen war, auf seine Kappe zu nehmen.

»Ich werde mich um den Garten kümmern«, verkündete sie, nachdem sie ihr Bier ausgetrunken hatte. »Gleich morgen verbrenne ich das Laub hinterm Haus.«

»Du kannst auch den Müll raustragen, wenn du

Lust hast«, scherzte er. »Oder ich gebe dir was zu bügeln…«

Sie nahm sich ein zweites Bier. »Bügeln geht in Ordnung«, sagte sie zu seiner Überraschung. »Ich muss mir ein bisschen Geld verdienen.«

Er beobachtete sie eine Weile schweigend, während sie in aller Ruhe ihr Bier trank und mit leerem Blick nach draußen sah.

Am nächsten Morgen fand er sechs leere Dosen vor, die in einer Reihe auf dem Couchtisch standen. Ihre Gesichtszüge waren noch nicht unwiederbringlich aufgedunsen. Seine schon. Es half nichts, dass er sich den Nacken massierte und sich mit Drachenblutcremes einrieb.

Gloria war immer noch ein schönes Mädchen, erstaunlich anziehend trotz ihrer ostentativen Unnahbarkeit, dem finsteren Blick und dem bitteren Zug um ihren Mund, der kaum je verschwunden war, seit sie sich kennengelernt hatten. Aber er gestand ihr ein paar Tage Eingewöhnung zu, war sich der krassen Situation völlig bewusst. Er hatte es nicht eilig. Bei ihm lag nichts Dringendes an. Er verdiente genug Geld, um auch noch an etwas anderes denken zu können, und wollte zunächst einmal mehr oder weniger für sie da sein, damit sie sich so gut wie möglich einleben konnte. Dass Elisabeth sich wieder blicken ließ, war sehr unwahrscheinlich, aber wenn sie plötzlich aufgetaucht wäre, hätte das nichts geändert – er traute sich zu, ihr zu erklären, worum es ihm ging bei dieser kleinen Mission, die das Schicksal ihm auferlegte, einer Mission, die hinsichtlich dessen, was Gloria für ihn bedeutete, geradezu lächerlich klein war.

☞ »Das ist nichts als Gefühlsduselei«, erklärte Michel. »Das ist alles nur Theater. Sie gehört nicht zu deiner Familie. Warum sollte sie jemand Spezielles sein? Vergiss diese ganze Geschichte. Was soll das alles? Sag mir, was das soll. Ich bin dein Freund, und es ist doch meine Pflicht, dich zu warnen, oder? Willst du uns Ärger einhandeln?«

Sie unterhielten sich im Atelier, während sie Plexiglasscheiben einpackten, die er eingeritzt, dann mit dem Schweißbrenner überzogen, dann erneut bearbeitet und schließlich ein paar Tage zuvor mit dem Lötkolben signiert hatte.

»Ich bin zufrieden mit diesen kleinen Formaten«, versicherte er.

»Ich habe nicht gesagt, dass ich sie nicht toll finde«, antwortete Michel und wickelte die Arbeiten in Luftpolsterfolie. »Ich habe gesagt, dass es nicht meine Lieblingsstücke sind. Das ist ein Riesenunterschied.«

»Tu mir den Gefallen und beschränk dich darauf,

meine Sachen zu verkaufen. Wenn es nur darum geht, irgendwelchen Blödsinn zu reden, so wie in *Artpress*, kannst du deine Überlegungen für dich behalten. Eigentlich versteht ihr überhaupt nichts davon, ihr seid zu beschränkt. Manchmal ist es unglaublich deprimierend, wenn man mit euch zu tun hat.«

Sie luden die Päckchen in Michels Auto, dann rauchten sie eine Zigarette. Das Laub der Bäume war gelb und rot, es glänzte noch vom leichten Regen, der am Morgen gefallen war. Nun trat auch Anne aus dem Gebäude und schloss das Atelier ab.

»Was macht sie eigentlich den ganzen Tag über?«, fragte sie und tat so, als würde sie die Ware kontrollieren – ob auch nichts vergessen worden war. »Das würde ich wirklich gerne wissen.«

»Sich zu Tode langweilen«, höhnte Michel. »Was soll sie denn sonst machen? Übrigens, sie soll uns bloß keine Sachen einschleppen, die man sich in Hotels und Zügen holt. Ich habe gesehen, wo sie geschlafen hat. Hast du da nicht Schiss vor? Du brauchst gar nicht so einfältig zu grinsen, Alter. Anscheinend bauen die ihre Nester sogar hinter Steckdosen. Eh du dich's versiehst, wimmelt es nur so, dann hast du keine Ruhe mehr. Es gibt Leute, die haben ihre neuen Matratzen und ihre gerade abbezahlten Möbel aus dem Fenster geschmissen.«

Marc zuckte mit den Schultern. Früh am Morgen hatte er *Sorrow* von The National im Loop gehört, und jetzt fielen ihm lange Abschnitte davon wieder ein und stärkten ihn – so viel Schönheit, Energie, Prägnanz, das gab neue Kraft.

Anne berührte seinen Arm. »Hast du denn wenigstens was davon? Ist sie die Mühe wert?«

Es wehte ein leichter, etwas frischer Wind, und ihre Haare umspielten ihr Gesicht. Dann sah er Michel an. Dann alle beide.

»Findet ihr nicht, es wäre besser, ihr würdet mir helfen?«, fragte er sie.

Michel runzelte die Stirn. »Was redest du da«, fragte er mit verzogenem Gesicht. »Wobei sollen wir dir denn helfen? Dieses Mädchen willkommen zu heißen? Sehen wir so aus?«

Beide betrachteten ihn mit finsterem Blick.

Marc seufzte. »Gehen wir doch alle zusammen was trinken«, erklärte er. »Treffen wir uns im Brunswig.«

Sie erstarrten.

Anne reagierte zuerst. »Im Brunswig?«, meinte sie ziemlich irritiert. »Also … im Brunswig, ich weiß ja nicht … Da kennen uns alle … Ist das nicht … ähm … ist das nicht ein bisschen *früh*?«

Michel gluckste: »Möchtest du eine Anzeige schalten? Uns mit aufs Bild nehmen? Die Leute sind ja tolerant, aber *nur bis zu einem gewissen Grad*, Alter. Wer soll dir das denn glauben, dass du da jemandem ganz selbstlos aus der Patsche hilfst? Welcher Schwachkopf soll dir das denn glauben? Ich sag dir mal was. Ich bin überhaupt nicht scharf drauf, für diese Sache geradezustehen. Ich will nicht mit einem Typen unter einer Decke stecken, der absolut schamlos ist und keine Grenzen kennt. Ich habe meine Prinzipien. Die Leute werden das ganz und gar nicht gutheißen, das kann ich dir versprechen. Sie werden sich das Maul über dich zerreißen. Und außerdem ist Elisabeth meine Freundin. Ich habe keine Lust, wegen dieser Geschichte schlaflose Nächte zu verbringen.«

Es war nicht immer einfach zu unterscheiden, ob Michel scherzte oder nicht.

☞ Dafür brauchte ich mehrere Anläufe, musste die Augen schließen und ihn nochmals ansehen, so lange, bis es klick machte. Ich musste mich konzentrieren. Meinte er es ernst oder nicht? In unserer Studentenzeit gingen die Mädchen nicht mit ihm aus, weil sie ihn kalt und grausam fanden. Sie brauchten nur einen Moment in seiner Gesellschaft zu verbringen, ihm ein paar Minuten zuzuhören, und schon flüchteten sie Hals über Kopf. Anne war die Erste – und blieb bis auf weiteres auch die

Einzige –, die ihn in seiner ganzen Komplexität erfasste, die entdeckte, wer sich verbarg hinter dem nicht sonderlich attraktiven Kerl mit dem furchterregenden Lächeln und dem Verschwörungsgehabe, der er auf den ersten Blick zu sein schien. Sicherlich war er kalt und grausam, aber auch sanft und herzlich oder eben reflektiert und kategorisch. Politisch stand er weit links, war sehr engagiert, sehr ungestüm – mit zwanzig hatten wir derselben Splittergruppe angehört, Anne und ich waren ihm unterstellt, hatten unter seiner Aufsicht »Missionen« durchgeführt –, aber das lieferte nur noch ab und an Gesprächsstoff unter alten Bekannten, wenn der Abend schon zu Ende ging, denn mit der Zeit, den schweren Belastungen, der Trägheit, dem Verrat der Anführer hatte er sich die Hörner abgestoßen – während sich das Haar auf seinem Kopf ausdünnte wie auf verbrannter Erde und seine Werte ins Wanken gerieten, je mehr er auf den Geschmack von Büffelledersofas kam, von Kanebo-Produkten, von Ferien in der Toskana, von dreifädigem Kaschmir und von Fünf-Sterne-Hotels – ja, von denen vor allem. Die gaben uns zwar unglaubliche Rabatte, wenn wir ihnen irgendwelche Märchen erzählten, so dass wir uns zu guten Bedingungen ruinierten, uns also in Sachen Müßiggang das Beste vom Besten gönnten – zum Beispiel das Château Marmont für 100 Dollar die Nacht, wenn wir das Zimmer für einen ganzen Monat mieteten, so in der Art. Praktisch geschenkt. Und die Berge von Stoff, die wir damals konsumierten. Wie sollte ein alleinstehender Vater in diesem Schlamassel zurechtkommen. Wie viele waren standhaft geblieben, wie viele hunderttausend Partys hatten wir im ganzen Land veranstaltet? Wie viele hatten es geschafft, mustergültige Eltern abzugeben? Wie oft hatte ich in mich hineingelacht, als ich mich mit noch weißen Nasenlöchern wieder aufrichtete oder nachdem ich eine Flasche Alkohol geleert oder einen Joint geraucht hatte?

Ich liebte das. Ich liebte es, total drauf zu sein und zu tanzen. Ich war nicht *unglücklich* darüber, einen Sohn zu haben. Hatte ich ihn nicht nach einigen Monaten, als er nicht mehr wie ein grimassenschneidendes und zerknautschtes Monster aussah, ebenfalls für einen hübschen Jungen gehalten? Hatte ich mich nicht bei Julia für das Geschenk bedankt, das sie uns da gemacht hatte – wenn ich auch meckerte, als ich die Beträge überschlug, die wir bei fünf oder sechs Partys die Woche für Babysitter ausgeben würden.

Ich brachte es immerhin fertig, am selben Abend nicht Drogen und Alkohol zu mischen, aber anscheinend ließ sich davon niemand anstecken. Julia ging auch nicht mit gutem Beispiel voran. Sie war der Meinung, dass sie ein ganzes Jahr ihres Lebens für unser Kind geopfert habe und nun ich an der Reihe sei, im Kühlschrank fände ich eine kalte Mahlzeit vor.

Manchmal flog diese Mahlzeit quer durchs Zimmer, wenn ich mich dieser Momente der Zerstreuung und des Ausspannens beraubt sah – umso mehr, als sie mit geröteten Wangen, leuchtenden Augen und glühenden Lippen nach Hause kam und fast verzückt aufstöhnte, wenn sie daran zurückdachte. Ich hatte sogar eine Karte der Partys gezeichnet, die ich wegen ihr versäumt hatte und von denen ich danach noch wochenlang reden hörte. Sie sah aus, als hätte ein wütendes Kind einen Metroplan gemalt. Dann hatte ich sie mit Kunstharz überzogen, ausgestellt und eine etwas nebulöse Rede dazu gehalten. Ich landete einen Riesenerfolg, und mein Telefon hörte nicht mehr auf zu klingeln, Galerien machten mir Angebote und drängten darauf, dass wir über Geld redeten. Über Geld reden. Meine Arbeit interessierte sie viel weniger als die Aussichten auf den Gewinn, den sie damit erzielen könnten. Zu dieser Zeit war in der Kunstwelt unglaublich viel Geld in Umlauf, all die jungen Typen aus der City, diese ganzen prassenden Milliardäre, die Aufträge am Telefon vergaben, nachdem sie einen kurzen Blick auf ein schlechtes, per Fax geschicktes Foto geworfen hatten. Für Millionen Dollar. Für Millionen Pfund Sterling. Diese Typen riefen von ihrer Jacht aus an, die in der Bucht von Hongkong vor Anker lag, sie konnten nicht einmal meinen Namen richtig aussprechen, schickten ihre Schecks aber ziemlich schnell – das muss man ihnen lassen.

»Wir kennen uns seit Ewigkeiten«, hatte Michel eines Morgens zu mir gesagt. »Lass mich dein Agent sein. Lass mich die Verträge machen. Ich bin nicht auf den Kopf gefallen. Ganz im Gegenteil.«

Ich überlegte nicht lange. »Gebongt!«, antwortete ich. »Was hältst du von zehn Prozent?«

»Hm. Um ehrlich zu sein, habe ich mir mehr erwartet.«

»Wie bitte?«

»Du musst eins bedenken: Du wirst mich brauchen. Du wirst jemanden brauchen, dem du vertrauen kannst. Jemand, der sich kümmert, organisiert, die Augen offenhält, das Finanzielle regelt. Dafür kannst du keinen Besseren finden als mich. Aber zehn Prozent? Ich bitte ja nicht um eine milde Gabe. Mal im Ernst. Fünfundzwanzig. Ich bin dein Freund.«

»Du meinst ein Viertel meiner Produktion, ein Viertel meiner Zeit? Ein Viertel meines Lebens? Geht's dir noch gut? Du spinnst doch total.«

Dennoch hatte er nicht ganz unrecht. Wie hätte ich mich ums Business kümmern sollen, woher hätte ich die Zeit nehmen sollen? Ich dachte eine ganze Weile darüber nach, ohne etwas zu sagen – wir schlenderten durch den Gang eines Supermarkts, es war eine dieser Einkaufstouren für Alkoholnachschub, die wir regelmäßig machten, nicht weil wir sparen wollten, sondern weil wir Angst hatten, er könnte uns ausgehen, die Läden könnten geschlossen sein und wir säßen eines Sonntagnachmittags plötzlich auf dem Trockenen –, dann hatte ich erklärt, fünfzehn sei mein letztes Angebot.

»Einverstanden«, hatte er gesagt. »Komm, lass dich umarmen! Siebzehn.«

Auch heute, fast zwanzig Jahre später, bereute ich unsere Abmachung nicht. Er hatte mich nicht enttäuscht. Er war noch nicht mit der Kasse durchgebrannt. Er erzielte gute Preise für mich. Er wärmte nicht dauernd die alten Geschichten wieder auf. Er stand zu dem, was aus ihm geworden war. Dafür respektierte ich ihn. Ich kam mir nicht besser vor als er. Ich konnte zu jeder Tages- und Nachtzeit bei ihm anklopfen, und er schlug mir nicht immer die Tür vor der Nase zu.

Manchmal musste Anne eingreifen, damit er mich reinließ, es herrschte dann etwas dicke Luft, denn, wie gesagt, wir hatten eine ganze Weile miteinander geschlafen, bevor Michel ihr seine Gefühle offenbarte, und diese Sache stand immer noch mehr oder weniger im Raum.

»Du bist doch nicht etwa eifersüchtig?«, fragte ich ihn, als er eines Abends ein furchtbares Theater gemacht und behauptet hatte, er hätte Anne und mich dabei überrascht, wie wir uns gegenseitig betatschten. Ich seufzte. »Jetzt sag bloß nicht, du bist eifersüchtig. Alter, wir waren so was von hinüber. Wir haben nichts mehr mitgekriegt. Du bist gefahren. Du warst auf den Verkehr konzentriert. Mach nicht aus einer Mücke einen Elefanten. Wir waren *betrunken*, okay? Warum hast du eigentlich keine Jungfrau geheiratet? Warum? Das hast du jetzt davon.«

Ich bereute keine Sekunde, dass ich ein ganzes Jahr lang Annes Liebhaber gewesen war – 1987, als die Erdbevölkerung die Fünf-Milliarden-Marke gesprengt hatte. Sie war so gut im Bett, dass ich mich fast in sie verliebt hätte.

»Dieses Mädchen ist nichts für dich«, sagte er zu mir. »Was findest du an ihr?«

Da ich um seine Schwäche für sie wusste, verbreitete ich mich besser nicht allzu genau darüber, wie ungestüm wir uns liebten und was durch den Kopf einer Frau gehen mochte, die so ruhig wirkte und sich dann in eine Nutte, ja geradezu in eine

Besessene verwandelte. »Das mochte ich schon immer«, gestand sie mir. »Schon seit ich ganz klein bin. Ich kann auch nichts dafür.«

Wir verbrachten ganze Nachmittage im Bett und mussten uns richtig zum Aufstehen zwingen. Bis sie mit ihrem Slip oder etwas anderem spielte, so dass ich mich auf sie stürzte und wieder in sie eindrang. Wir vergaßen die Zeit. Gegen Abend hatten wir das Gefühl, wir wären in einem Feld voller Nacktschnecken eingeschlafen. Unsere Glieder glänzten, unsere Hände waren verschmiert, unsere Körper ausgelaugt.

Ich wusste nicht einmal mehr, warum wir unsere Beziehung beendet hatten. Eine Beziehung zu führen war nicht einfach. Ich hatte den Eindruck, wir seien zusammengeprallt, und nun schwirrten unsere Stücke durchs All.

»Ich bin mit gar nichts zusammengeprallt!«, tobte sie, als wir uns darüber klargeworden waren, dass unsere Geschichte zu Ende war. »Auf deine beschissenen Metaphern kann ich verzichten.«

»Die gute Nachricht zuletzt – Michel ist verrückt nach dir.«

»Verschon mich mit diesem Idioten.«

Michel stand auf der anderen Seite der Bar, stocksteif und reglos.

»Anne, ich weiß, dass du sauer auf mich bist. Aber

das ist kein Grund, deine Wut an ihm auszulassen. Das bringt dich auch nicht weiter.«

»Halt die Klappe.«

☞ Wie erwartet, zeigten sich weder Anne noch Michel im Brunswig.

Er riet Gloria zu einem Fruchtcocktail, war aber damit einverstanden, ihr einen Gin Tonic zu bestellen. Sie aßen Erdnüsse, an denen noch die roten Hülsen klebten. »Früher standen auch harte Eier auf den Tresen, und man durfte drinnen rauchen.«

Sie schüttelte leicht den Kopf. Ihr Oberteil brachte ihre jungen prallen Brüste zur Geltung. Bestimmt hatte Alex mit ihnen herumgespielt, seine glühend heiße Stirn an ihnen gerieben, sie in den Mund genommen. Schließlich beugte sie sich zu ihm hinüber und raunte: »Es gibt keine Erlösung – niemals: Davon bin ich überzeugt.«

Er lachte. »Woher willst du das wissen? Wie alt bist du eigentlich? Wie kommst du überhaupt auf solche Gedanken?«

»Machen Sie sich keine Sorgen um mich. Passen Sie lieber auf sich selbst auf.«

Er breitete seine Serviette auf den Knien aus. »Wir müssen uns um ein Gleichgewicht bemühen. Dazu musst du auch einen Beitrag leisten, das schaffe ich nicht allein.«

Die vorübergehenden Paare verpesteten die Luft mit süßlichen Gerüchen. Manche waren durch die ganze Stadt gefahren, um an einem dieser Tische Platz zu nehmen, andere verzweifelten im Stau und riefen an, um ihre Reservierung zu bestätigen. Zerstreut lächelte er einige Leute an, winkte ihnen zu. Irgendwie faszinierte ihn Gloria. Schwer zu sagen, wie lange diese Faszination anhalten würde, aber sein offensichtliches Interesse an diesem Mädchen hatte nicht nachgelassen, seit sie mehr oder weniger bei ihm wohnte. Es war lange her, dass ihn eine Person so betörte und dieses Gefühl auslöste, dass alles andere nichts mehr zählte und warten konnte.

Das Brunswig lockte eine Menge Schauspieler, Schriftsteller, Modedesigner, Fernsehfritzen an – oder solche, die sie einfach nur umschwärmten –, dazu Models, Geschäftsleute, Ganoven usw., und er war an diesem Abend bestimmt der Einzige, der nicht versuchte, jedem Gesicht einen Namen zuzuordnen, und der nicht so tat, als wolle er unbemerkt bleiben. Das kam nun wirklich nicht oft vor, aber diesmal hatte er nur Augen für Gloria und wäre ebenso mit einer Parkbank, einer Bahnhofshalle oder einer Tiefgarage zufrieden gewesen.

Man musste damit rechnen, dass jeden Moment Brad Pitt hereinkam oder Kate Moss aus der Toilette stürmte, und Marc hatte diese Atmosphäre weiß Gott genossen, hatte sich gut zwanzig Jahre mit größtem Vergnügen in diesen Kreisen bewegt. Aber seit dem Tod von Alex sah er die Dinge anders, er konnte nichts mehr anfangen mit dieser Oberflächlichkeit – ebenso, wie er den Drogenkonsum so weit wie möglich zurückgefahren und jeglicher Mitgliedschaft in einer politischen Bewegung, Splittergruppe, Zelle oder sonstigem Kommando hochgradig Unbelehrbarer endgültig abgeschworen hatte.

Er plädierte dafür, Michel und Anne noch ein wenig Zeit zu geben, und berief sich auf ihr Verhältnis zu Elisabeth und auf ihre Befürchtung, dass er sich Ärger einhandelte.

»Sie glauben, dass der Tod von Alex mich schwach und verletzlich gemacht hat und dass du das ausnutzen willst. Und ich glaube, dass sie recht haben, aber wo ist das Problem?«

Gloria hatte einmal kurz ihren Blick schweifen lassen und beugte sich nun mit glänzenden Augen zu ihm herüber. »Ich glaube da nicht eine Sekunde dran. An Ihre Schwäche. An Ihre Verletzlichkeit. Hören Sie auf mit dem Schrott. Sie erwecken keinerlei Mitleid. Nicht eine Sekunde lang.«

Er studierte die Speisekarte und gab rasch die Bestellung auf – bei einer Blondine, die eine kleine Rolle in *The Runaways* gehabt und Dakota Fanning in einer Szene gedoubelt hatte, in der sie von einem Podium herunterfiel. »Aber dennoch«, fuhr er wohlwollend fort, »ist mein Sohn nicht mehr da, und ich höre nichts mehr von meiner Frau. Ich kenne durchaus ein paar Leute, die sich geschwächt fühlen würden an meiner Stelle. Das kommt mir nicht sonderlich abwegig vor. Dafür braucht man nicht sonderlich viel Phantasie.«

Er wollte schon einen guten Wein bestellen, aber sie war wieder zum Bier übergegangen und trank es direkt aus der Flasche. Einfach hinreißend. Die Nebentische ließen sich nicht das Geringste entgehen. Aber es war trotz allem ein gutes Treffen, es erinnerte fast an gutnachbarliche Beziehungen, an den Beginn eines fast herzlichen Austauschs – den man auf keinen Fall forcieren durfte, damit sie nicht plötzlich zurückschreckte.

Beim Nachtisch war sie schon so entspannt, dass sie ihm anvertraute, Alex sei in den letzten Monaten vor seinem Tod Vegetarier geworden. Ihm blieb eine gute Minute lang vor Staunen der Mund offen stehen. Er hatte gerade ein riesiges Kotelett verschlungen, das fast roh und unglaublich zart gewesen war. Zum Niederknien. »Vegetarier? Warum das denn?«, stammelte er. »Hat er wenigstens noch Eier gegessen?«

Sie hatte keine Ahnung, und es war ihr auch völlig egal. Er hingegen war überglücklich. Gloria hatte ihm ein Bild von Alex offenbart, das er nicht kannte, und er wurde nicht müde, es in seinem umnebelten Kopf zu drehen und zu wenden, es unter allen denkbaren Blickwinkeln zu betrachten.

»Ich gehe auf die Toilette«, sagte sie und stand auf.

Mit einem zerstreuten Lächeln auf den Lippen sah er ihr nach – eine Frau, die vorbeiging und die er nicht gleich erkannte, strich ihm über die Wange und schickte ihm einen Luftkuss. Er erinnerte sich nicht mehr, wer ihm kurz vor Alex' Tod gesagt hatte, Alex sei blass, vielleicht war das die Erklärung. Sein Sohn hatte kein Fleisch mehr gegessen. Und er hatte nichts gemerkt. *Nada*. Das machte ihn sprachlos.

☞ Wir gingen zügig in Richtung Zentrum. Wir waren unterwegs zur Praxis von Doktor Golberg, einem Spezialisten für männliche Unzulänglichkeiten.

»Michel, der Youngster hat kein Fleisch mehr gegessen! Hörst du? Vor meiner Nase ist das passiert. Er hat kein Fleisch mehr gegessen, und ich habe es nicht mitgekriegt. Verdammt, wie geht denn das? Wie konnte es nur so weit kommen?«

»Das ist aber auch zu viel verlangt. Wer hat schon

Zeit, ständig auf sie aufzupassen? Verstehst du jetzt, warum ich keine will?«

»Oh, versuch nicht, mich aufzumuntern, gib dir keine Mühe. Jedenfalls habe ich gewartet, und als sie nicht zurückkam, bin ich hin, um zu sehen, was los ist. Resultat: Sie war verschwunden. Ausgeflogen. Keine Gloria mehr.«

»Das ist verständlich, finde ich, du kannst superlangweilig sein, wenn du erst mal in Fahrt bist, wirklich zum Einschlafen.« Er nickte bedächtig. »Eigentlich ist dieses Mädchen gar nicht so dumm«, gluckste er. »Sie hat dich also wirklich sitzenlassen? Ha, ha. Armer Marc. Das fängt ja gut an.«

»Lass mich mal zu Ende erzählen. Hör zu. Es gab nur zwei Möglichkeiten. Entweder war sie aufs Waschbecken geklettert, aus dem Dachfenster gestiegen und in den Hof gesprungen, okay? Oder sie hatte sich in Luft aufgelöst.«

»Oder sie ist rausgekommen, und du hast sie nicht vorbeigehen sehen. Du warst noch nie besonders gut darin ...«

»Nein, ich bin an meinem Tisch geblieben. Ich habe auf sie gewartet.«

»Und sie? Was sagt sie?«

»Sie findet das lustig.«

Doktor Golberg, ein Jude mit blauen Augen und hellbraunen Haaren, hatte Michel untersucht, mit leicht zur Seite geneigtem Kopf dessen Penis und Hoden abgetastet, als ob er erwartete, eine Stimme zu hören, dann hatte er meinen Freund aufgefordert, seine Hose wieder hochzuziehen.

Sein Befund war nicht gerade erfreulich. Sicherlich war Michel nicht mehr sonderlich empfänglich für die Reize der Frau, mit der er seit Jahren sein Bett teilte, klar, das kam ziemlich häufig vor, und man musste es natürlich mitberücksichtigen, aber dennoch lag hier ein richtiges Erektionsproblem vor, das Doktor Golberg als besorgniserregend empfand und das man nicht einfach mit schwächelnder Libido abtun konnte.

Wieder auf der Straße, das lebhafte Treiben, die Essensgerüche, das Dröhnen des Verkehrs, das Gehupe in der Ferne, die Sirenen. Michel klappte seinen Kragen hoch und wollte sich einen Moment hinsetzen.

»Ganz schön jung, um impotent zu werden«, meinte er. »Also, finde ich jedenfalls.«

Zu unseren Füßen tappten ein paar Tauben herum wie lächerliche und stupide Maschinen. Er beobachtete mit einem traurigen Lächeln, wie sie sich ein Stück von uns entfernt um ein feuchtes, farbloses Stück Brot zankten, dass die Brösel nur so durch die Luft flogen. Es war ein schöner Tag, klar und kalt. Ich hatte ihn begleitet, um ihm dabei zu helfen, seine tiefsitzende Abneigung gegen Ärzte zu überwinden – die sich nun leider als gerechtfertigt erwies –, und fühlte mich schrecklich unnütz. Wortlos drückte ich seine Schulter.

Als wir auf dem Rückweg bei mir haltgemacht hatten, um etwas zu trinken, und wir Gloria hinter ihrem Schlafzimmerfenster sahen, wie sie in einem zu kurzen, pyjamaartigen Stofffetzen umherlief, schnappte er sich meine Hand und presste sie gegen seinen steifen Schwanz, ohne den Blick von ihr abzuwenden. »Was sagst du dazu? Dieser Golberg ist doch der größte Trottel überhaupt.«

Ich riss meine Hand weg. »Natürlich«, sagte ich und lächelte verschmitzt. »Die haben keine Ahnung. Ich mache mir keine Sorgen um dich, aber du musst mit dem Zeug aufhören. Komm runter. Schmeiß nichts mehr ein. Spiel nicht mit dem Feuer, dann wird alles gut.«

Wir füllten unsere Gläser auf. »Das wird mir nicht schwerfallen«, erklärte er. »Außer bei Anne brauche ich das nicht, hast du ja gesehen.«

»Hab ich. Gratuliere. Pass auf dich auf. Du musst das ernst nehmen.«

Wir stießen an. Als Gloria hereinkam, nutzte ich die Gelegenheit und stellte sie einander vor.

»Aber wir kennen uns doch schon«, meinte Michel und ging mit ausgestreckter Hand auf sie zu.

»Ja, wenn man so will«, sagte sie.

Sie schienen das Zusammentreffen nicht übermäßig zu schätzen und belauerten sich, ohne ein weiteres Wort zu wechseln. Danach verschwand sie in die Küche, als ob sie etwas Wichtiges zu tun hätte.

»Habe ich sie eingeschüchtert?«, fragte er.

Ich zuckte mit den Schultern. »Nein. Nicht, dass ich wüsste. Sie ist noch ein bisschen spröde. Ein Pizzalieferant hat neulich abends genauso reagiert.«

Er sah mir eine Weile tief in die Augen, dann verzog er leicht das Gesicht: »Erklärst du mir jetzt endlich, was dieses Mädchen hier soll, hier in diesem Haus?«

Ich seufzte. »Irgendetwas hat mich dazu animiert, ihr eine Bleibe anzubieten. Ich weiß auch nicht. Wenn du Vater wärst, würdest du das bestimmt besser verstehen … Auf eine Art ist Gloria meine Schwiegertochter. Wenn man so will.«

»Ach, hör doch auf«, knirschte er. »Mach die Sache nicht noch komplizierter. Stürz dich nicht sehenden Auges in den Abgrund, okay?«

In was für einen *Abgrund* denn? Er wusste doch genau, dass ich längst hineingefallen war. Als hätte ich noch die Wahl. Oder war das eine versteckte Drohung?

Nichts konnte mich in die Zeit vor Gloria zurückholen. Was den Ärger anbelangte, den ich mir einhandeln konnte – wer kümmerte sich denn noch um mein Tun und Treiben?

»Vergiss es. Machen wir uns nichts vor. Das kann man nicht so einfach kündigen wie ein Zeitungsabo.«

Ich beugte mich zu ihm hinüber und flüsterte: »Wir haben nicht tausenderlei Möglichkeiten, wenn es um die Zukunft geht, Michel. Die Zahl der Alternativen ist begrenzt.«

Michel hatte noch nie lange gebraucht, um eine Situation zu erfassen und entsprechend zu handeln. Ich hatte verschiedentlich Gelegenheit gehabt, darüber zu staunen, diese Fähigkeit zu bewundern und sie in meinem Bekanntenkreis lobend zu erwähnen – seine Reaktion traf mich also nicht unvorbereitet. Ich wusste, dass er der Zeit nachtrauerte, in der wir noch ein klares Ziel hatten, in der wir eine strenge Disziplin befolgten, Befehle erhielten und gehorchten, in der wir Entschlossenheit zeigten und der Zweck die Mittel heiligte, und wie sehr er darunter litt, dass er zu dem geworden war, gegen das er gekämpft hatte, wie sehr ihn das in manchen Momenten quälte, vor allem abends, wenn es dämmerte, sich ein etwas trostloser Dunst ausbreitete und er gebückt seinem doppelten Gin-Martini entgegeneilte. »Sehr gut«, entschied er. »Wir machen das. Wir organisieren ein Abendessen zu viert. Einverstanden. Anne wird auch einverstanden sein. Probieren wir es aus. Das willst du doch, nicht wahr?«

Es gab keinen anderen Weg. Ich stimmte zu. Er nickte und schaute sich mit verdrießlicher Miene um – Gloria ging mit einer dampfenden Teekanne an uns vorbei und verschwand im Korridor.

»Nun, sie macht heute keinen besseren Eindruck auf mich als gestern, tut mir leid. Aber ich werde mein Bestes tun. Ich gebe mir Mühe. Vielleicht ändere ich ja am Ende meine Meinung.«

Keiner von uns beiden versuchte nachzurechnen, wie viele Jahre seit unserer ersten Begegnung '81 vergangen waren, als auf einmal die Linke an die Macht kam und Männer und Frauen gebraucht wurden, die an vorderster Front Informationen sammelten, um den Sieg zu sichern, Leute, die Hinweise da suchten, wo sie zu finden waren, und die eine ganze Reihe kleiner Missionen ausführten usw., aber egal, wie dem auch sei, es handelte sich um einen hinreichend langen, ja beachtlichen, bedeutsamen und bewundernswerten Zeitraum, so dass man Unstimmigkeiten dieser Größenordnung ohne Furcht entgegensehen konnte und davon ausgehen durfte, dass sich eine Lösung finden ließe.

Nachdem er gegangen war, musste ich eine Weile der Versuchung widerstehen, an Glorias Tür zu klopfen und sie zu informieren, dass ihre Verteidigungslinien durchbrochen waren. Ich schämte mich. Ich schenkte mir nach und setzte einen Kopfhörer auf, um Musik zu hören.

Als sie wieder auftauchte, war es dunkel, und die Lichter der Stadt schimmerten auf der anderen Seite des Flusses. Sie hatte ganz offensichtlich ein Bad genommen. Ihre noch feuchten, glänzenden Haare waren perfekt glattgekämmt, sie lief barfuß – und hatte wirklich ziemlich hübsche, schön gewölbte Füße.

Sie schnalzte mit der Zunge: »Er sah nicht gerade happy aus, Ihr Kumpel.«

»Das gibt sich. Er ist ein misstrauischer Typ. Das liegt in seiner Natur.«

»Alex mochte ihn nicht besonders.«

»Alex mochte ihn nicht besonders, weil er dachte, dass er mich beeinflusste und *schuld daran war*, dass ich betrunken oder verstrahlt nach Hause kam. Oder gar nicht nach Hause kam, was noch viel öfter passierte. Aber ich brauchte niemanden, der mich auf Partys zerrte und ins Verderben trieb, das schaffte ich sehr gut allein.«

☞ Er wusste nicht genau, wie er die Abwesenheit von Elisabeth erklären sollte, wie er Gloria erklären sollte, was aus ihrer Ehe geworden war, denn nichts war entschieden, nichts dazu gesagt worden. Weder zu einer Trennung noch zu einer eventuellen Rückkehr. Sie war einfach von einer Dienstreise nicht mehr nach Hause gekommen und hatte erklärt, sie wolle sich Zeit zum Nachdenken nehmen. Das war der Stand der Dinge zwischen ihnen.

»Eines Morgens hat sie mich angerufen und mir gesagt, dass sie nicht gleich heimkommt, dass sie sich erst einmal über ein paar Sachen klarwerden müsse, und seitdem habe ich nichts mehr von ihr gehört, nicht direkt zumindest, zwischen uns ist alles völlig in der Schwebe.«

Er zuckte mit den Schultern, wirkte ratlos. »Sie hat die ersten sechs Monate nach Alex' Tod durchgestanden, sie hat mich ausgehalten, wie nicht einmal eine Mutter ihr Kind hätte aushalten können.« Bei der Erwähnung dieser Zeit hielt er einen Moment nachdenklich inne, dann seufzte er: »Ich habe ihr das Leben zur Hölle gemacht.« Er erinnerte sich noch an die Stimme von Elisabeth, die von weit her zu ihm durchdrang, an die Ohrfeigen, die er nicht spürte, dass er nicht in der Lage war, den Mund aufzumachen oder auch nur den kleinen Finger zu rühren, an die Tränen, mit denen er sie überschwemmte, und die Nächte, in denen er in ihren Armen erwachte, weil ihn das Bild seines Sohnes verfolgte, wie er sich die Waffe an die Schläfe hielt.

»Und als sie der Ansicht war, dass ich das Schlimmste hinter mir hatte und dabei war, sie in den Wahnsinn zu treiben, hat sie das Weite gesucht. Sie ist desertiert, das trifft es ganz genau. Ich sehe mich, wie ich unter einer Zeltbahn hervorkomme und den verlassenen Horizont absuche, nachdem ich an einem ausgehenden Feuer eine noch heiße Tasse vorgefunden habe – die in aller Eile geleert worden ist.«

Er sah sie zum ersten Mal lächeln. Er hatte gute Augen, denn sie standen auf der Terrasse und waren ins Dunkel der Nacht gehüllt, und die Sache war nicht mehr gewesen als ein kurzes Aufblitzen. Aber er war geübt darin, in Gesichtern zu lesen, seit er Tim Roth in *Lie to Me* gesehen hatte – er hatte alles gelesen, was er zu diesem Thema finden konnte, war tagelang über seinen Rechner gebeugt dagesessen – und schaffte es so, all diese kleinen Dinge mitzukriegen, jedes fast unsichtbare, kaum wahrnehmbare, flüchtige Mienenspiel, wie eben dieses mikroskopische Lächeln, das Glorias Lippen umspielt hatte, am achten Abend nach ihrem Einzug in das Gästezimmer ihres Schwiegervaters – das heißt bei ihm, Marc, dem besagten Schwiegervater, der nun insgeheim einen kurzen, triumphierenden Jubelschrei ausstieß, dabei die Fäuste ballte und alle Muskeln seines Körpers anspannte.

Gloria ein Lächeln zu entlocken war, als hätte

man mit bloßen Händen eine Goldader freigelegt. Er konnte stolz auf sich sein. Die paar Tage, die sie gemeinsam unter demselben Dach bei fast durchgehend grau verschleiertem Himmel verbracht hatten, waren nicht immer von überschwenglicher Fröhlichkeit gezeichnet gewesen.

Sie hatte ihn ununterbrochen beobachtet. Er hatte das Gefühl, dass sie ihre ganze Zeit darauf verwendet hatte, ihn zu beobachten, dass sie seine kleinsten Gesten zerpflückte. Sie vermieden es, sich anzusehen, ihre Blicke kreuzten sich höchstens für Sekundenbruchteile. Sie blieb stets wachsam. Die Luft war zum Schneiden und wie elektrisch geladen, weil sie einfach nur schwieg, aber er wusste, dass es keine Alternative gab, wenn er sie ein bisschen aus der Reserve locken wollte, dass das der einzige Weg war. Diese Andeutung eines Lächelns war also ein enormer Fortschritt.

»Nein, Marc, du störst nicht«, meinte Michel am anderen Ende der Leitung. »Ich bin buchstäblich hocherfreut zu hören, dass Gloria dich zum ersten Mal angelächelt hat. Das ist mal eine richtig gute Nachricht, Glückwunsch.«

»Nun übertreib mal nicht, so weit bin ich nicht gegangen. Ich habe nicht gesagt, dass sie mich angelächelt hat. Nur keine Hektik, das ist ja kein Rennen hier.«

»Du kannst dich glücklich schätzen, dass ich um drei Uhr morgens wach und bereit bin, mir so was anzuhören. Ist dir das bewusst?«

☞ Wenn man sich in aller Öffentlichkeit zeigen und die größten Klatschmäuler der Stadt antreffen wollte, gab es keinen besseren Ort als das Brunswig – das seit Jahren unser Hauptquartier war. Gloria und ich trafen zuerst ein. Ich schüttelte Hände, grüßte, verteilte Küsschen und stellte Gloria mehrmals vor, ehe ich auch nur meinen Mantel ablegen konnte. »Gloria, meine Schwiegertochter.« Ich wartete einen Augenblick, bis sich die Rädchen in den Köpfen allmählich in Bewegung setzten, sich die Synapsen verbanden. »Die Freundin von Alex«, erläuterte ich für die Langsamsten. »Alex, meinem Sohn«, erläuterte ich für die gänzlich Zurückgebliebenen.

Es war nicht besonders schwer zu erraten, was die Leute dachten. Über den Altersunterschied. Über das unklare, fast inzestuöse Verhältnis, das ich mit der Freundin meines Sohnes unterhielt, die noch dazu bei mir wohnte.

Mich persönlich berührte das nicht. Ich war für ihr Urteil absolut unempfänglich, denn ich kannte sie nur zu gut, schließlich hatte ich den ganzen langen Weg in ihrer Gesellschaft zurückgelegt, schließlich pflegte ich einen so engen Umgang mit ihnen, dass ich einer von ihnen geworden war, aber wie erging es Gloria? Der Gedanke kam mir ganz plötzlich – als ich sie beobachtete, wie sie ihren leicht überdrüssigen Blick über die Anwesenden schweifen ließ, über diese herrlich geschmacklose Einrichtung –, dass sie sich vermutlich im Gegensatz zu mir nicht besonders wohl fühlte in der Rolle des kleinen, durchtriebenen Luders, die man ihr zugedacht hatte.

»Kümmere dich nicht um die Leute«, sagte ich und deutete ein Achselzucken an.

»Okay. Danke für den Tipp.«

Ich winkte dem Double von Dakota Fanning und bestellte zwei Asahi. Ich gewöhnte mich langsam an Glorias chronisch schlechte Laune. Es war sicher nicht einfach, von morgens bis abends finster dreinzuschauen – außer in den wenigen Stunden, die sie draußen gewesen war, um rund ums Haus das Laub zusammenzukehren, aufzuschichten und zu verbrennen, allerdings hatte sie da nur geblinzelt.

Sie sah auf meine Uhr. »Werden die uns hängenlassen wie beim letzten Mal?«

»Nein, die kommen schon noch.«

☞ Am nächsten Morgen kam sie zu mir auf die Terrasse. Es war etwas kühl, aber sie hatte sich einfach eine Decke genommen und über die Schultern geworfen. Sie ließ sich wortlos zu Boden gleiten und starrte auf den Horizont.

Ich betrachtete sie eine Weile, dann ging ich wieder an die Arbeit. Ich hatte draußen einen Tisch aufgestellt, um nicht die Dämpfe der Materialien und Klebstoffe einzuatmen, die ich mischen, erhitzen, in eine Form gießen, brennen, schleifen und kneten wollte – was alles sorgfältig dokumentiert werden musste. Ich hatte Schwierigkeiten mit einem Kobaltblau, das ich manchmal verwendete. Ich prozessierte gerade gegen die Firma – die mich im Gegenzug wegen nichtsachgerechter Anwendung ihrer Produkte dranzukriegen versuchte –, aber einstweilen musste ich eine Lösung finden und vor Einbruch der Dunkelheit diverse Versuche durchführen.

»Ich habe nach Aspirin gesucht«, sagte sie, »ist keins da?«

»Ich habe immer Aspirin im Haus«, antwortete ich, nachdem ich eine Waschmitteltonne mit einem blauen Strahl meiner eigenen Mixtur besprüht hatte. »Darauf achte ich. Alka-Seltzer ist auch da.«

»Ich glaub, mein Kopf platzt gleich.«

»Du hast eine Beule am Hinterkopf. Du bist umgefallen, erinnerst du dich?«

Die Sonne blitzte zaghaft durch die Wolken, Spatzen saßen auf Leitungen und Fernsehantennen.

»Habe ich … das Bewusstsein verloren?«

»Du hattest die Augen zu und hast geröchelt. Du warst nicht ansprechbar. Das Bewusstsein verlieren trifft es also nicht ganz, aber man könnte sagen, es ging in die Richtung.«

»Ich kann mich an nichts erinnern.«

Ich vermischte Rubson mit Weißzement und strich das Ganze mit einem Messer auf die Leinwand. Von Zeit zu Zeit flogen ein paar Spatzen von den Telefonkabeln auf und setzten sich wieder in die Büsche. Ich besprühte einige Pappen, streifte Latexhandschuhe über und stellte mit spitzen Fingern eine Auswahl verschiedener Farben zusammen. Ich untersuchte ihren Geruch, ihre Konsistenz, prüfte sie im Sonnenlicht.

»Ich kann mich an nichts erinnern«, wiederholte sie.

»Hat Alex so ein Verhalten durchgehen lassen?«

»Ohh … Hab ich mich wirklich so beschissen benommen?«

»Nun ja, wir hatten Schwierigkeiten, dich nach Hause zu bringen. Und ich glaube nicht, dass Anne deine beste Freundin werden wird. Ihr seid sogar handgreiflich geworden, klingelt da nichts? Danach bist du hingefallen. Aber das war nicht ihre Schuld, sondern meine. Du hattest so viel getrunken, dass du dich nicht mehr auf den Beinen halten konntest.«

Sie stand auf und verdrückte sich nach drinnen. Ich zog meine Handschuhe aus, warf sie in die Mülltonne und dachte daran, dass der Herbst zu Ende ging, dass der Winter einziehen und ich es noch schwerer haben würde, wenn die Temperaturen erst einmal unter den Nullpunkt fielen. Ich benutzte ein Rosa, das letztes Jahr nach einer Open-Air-Ausstellung auf der Terrasse eines jungen norwegischen Sammlers ganz unzweifelhaft geronnen war und Blasen warf – ich war hingefahren und hatte Cyanoacrylat-Injektionen vorgenommen, was unter anderem dazu geführt hatte, dass ich mich in letzter Zeit weigerte, irgendwelche Garantien für meine Werke zu übernehmen, und nach der Zunahme der Zwischenfälle zu urteilen, die sich da und dort ereigneten, tat ich gut daran, denn es schien, als würde sich meine Arbeit geradezu selbst zerstören, auf tragische Weise immer schneller zu Staub zerfallen, so dass bald nichts mehr davon übrig wäre, ganz wie es mir diese Kundin voraussagte, die ich vor einer Woche zum Teufel gejagt hatte. Die Welt veränderte sich schnell. Unser Wirken war vergänglich.

Sie kam mit einer dampfenden Kaffeetasse zurück und ging wieder an ihren Platz, ohne auch nur einen Blick in meine Richtung zu werfen. »Was habe ich denn so Schlimmes gemacht?«, fragte sie und schaute dabei woanders hin. »Was habe ich bloß gemacht, dass Sie so sauer auf mich sind?«

Ich dachte nach, dann erklärte ich ihr geduldig, dass Anne bis an die Grenze des Erträglichen gegangen sei, wenn man bedachte, dass die halbe Welt – all diese anderen Frauen, die sie kannte – dabei zusah, wie dieses zwanzigjährige Mädchen sich an den Mann von einer von ihnen heranschmiss, ohne sich im Geringsten stören zu lassen, sich im Halbdunkel an ihn schmiegte, sich an ihm rieb.

»Ach du Scheiße«, seufzte sie. »Es reicht. Hören Sie auf. Es reicht. Ich weiß auch nicht, was in mich gefahren ist. Ich kann mich an nichts erinnern.«

»Nun, irgendwann ist sie aufgestanden und hat dich geohrfeigt, und du hast dich auf sie gestürzt. Ich hab euch getrennt. Ich hab dich weggeschubst, und du bist hintenübergekippt wie tot. Aber es war nicht wirklich der Sturz, der dich ausgeknockt hat. Du warst schon hinüber, bevor sie kamen. Meine Schuld. Ich hätte dich bremsen sollen.«

»Sie kamen eine halbe Stunde zu spät, und es ging so los, dass er mich mit den Augen ausgezogen hat.«

»Ich kenne ihn. Ich würde nicht sagen, dass er dich mit den Augen ausgezogen hat. Er hat dich von oben bis unten gemustert, das ist etwas anderes. Er hat sich dein Bild eingeprägt. So macht er das immer, ich habe ihm schon tausendmal dabei zugesehen.«

»Ja und? Halten Sie mich für blöd? Sollen sie sich ein anderes Spielzeug suchen. Nicht mit mir.«

Sie wirkte mitgenommen, war etwas blass und blinzelte mit roten, blutunterlaufenen Augen ins grelle Sonnenlicht. Sie zündete sich eine Zigarette an. Mit ungeduldigen, fast fiebrigen Bewegungen. Ich ließ mir nicht das Geringste entgehen. Anscheinend mochte sie den Nikotinflash auf nüchternen Magen. Sie schloss die Augen.

»Es sind alte Freunde von mir«, sagte ich. »Bring mich nicht in eine unmögliche Lage, mach nicht sie dafür verantwortlich. Ich bin schuld. Wenn etwas schiefgelaufen ist, bin ich dafür verantwortlich und nicht sie.«

»Sie brauchen mir nicht zu sagen, was ich tun oder lassen soll. Sie verschwenden Ihre Zeit. Ich erwarte mir nichts von Ihnen.«

»Sie haben mir geholfen, dich zu tragen, dich ins Auto zu packen, und sie sind mit hierhergekommen und haben mir geholfen, dich ins Bett zu bringen. Das hätten sie nicht tun müssen. Siehst du das ein? Gib zu, dass sie nicht nachtragend sind. Sie wissen sehr wohl, was das Leben an Schwierigkeiten mit sich bringt. Und, wie ich sie kenne, werden sie die Sache nicht groß aufbauschen und wieder zur Tagesordnung übergehen. Jeder kann mal einen Fehler machen, Gloria, und das wissen sie nur zu gut.«

»Sie sollten Kinderbücher schreiben. Als Märchenonkel sind Sie ganz hervorragend.«

Ich schüttelte den Kopf und nahm meine Brille heraus, um mir den Beipackzettel für eine Airbrushfarbe anzusehen, über die ich nur Gutes gehört hatte. »Hat Alex so ein Verhalten durchgehen lassen?«, fragte ich. »War er eifersüchtig?«

Mit bis unters Kinn angezogenen Knien nahm sie noch ein paar Züge, schaute nach rechts, dann nach links, wie vor einem Zebrastreifen. »Alex ließ eine Menge durchgehen«, sagte sie schließlich.

Bei diesen Worten sprang sie auf und ging hinein. Bis es dunkel wurde, arbeitete ich noch ein paar Stunden, mein Atem ging stoßweise, während ich verschiedene Kunstharze polierte, Plexiglasproben zersägte, Glas zerstäubte und dabei Tuxedomoon hörte. Ich verstand nicht so recht, was sie damit hatte sagen wollen. Bevor die Nacht hereinbrach, packte ich den ganzen Kram in den Kofferraum meines Wagens. Es wurde schnell kalt. Dann transportierte ich alles ins Atelier, wobei ich die völlig überfüllten, vom Wochenendverkehr und seinen Bleifußfahrern verstopften Ringstraßen mied, und sah bei meiner Rückkehr, dass im Haus alles stockfinster war. Ich parkte und stellte den Motor ab.

☞ »Ich glaube, die Sicherungen sind durchgebrannt!«, rief sie Marc zu, als er hereinkam. »Ich bin in der Küche. Verdammt, wo sind die Kerzen?«

»Welche Kerzen?«, fragte er gereizt. »Warte, ich komme.«

Er machte sein Feuerzeug an. Noch nie hatte es jemand geschafft, im Haus die Sicherungen rauszuhauen.

»Der Föhn ist in die Badewanne gefallen.«

»Ach ja?«

Während er ins Hochparterre ging, erklärte sie ihm, dass sie ausgerutscht sei.

»Was?«, stieß er hervor und blieb unvermittelt im Dunkeln stehen. »Was erzählst du mir da? Barfuß auf dem nassen Kachelboden? Willst du damit sagen, dass du dir barfuß, auf dem nassen Kachelboden stehend, die Haare geföhnt hast?!« Einen Moment lang war ihm, als bekäme er keine Luft mehr.

»Zum Glück haben wir die Erdung«, meinte sie ganz arglos. Bei diesen Worten schaltete er den Strom wieder ein, und während sie blinzelte, betrachtete er sie misstrauisch. Wenn sie in diesem Augenblick irgendetwas Wunderliches gemacht hätte, wenn sie geflogen wäre oder durch die Wand gegangen, er hätte es hingenommen. »Es sind also die grüne und die gelbe?«, fragte sie und wies mit dem Kopf in Richtung der Sicherungen.

Sie stiegen wieder nach oben.

Im Wohnzimmer war der Fernseher wieder angegangen. Man musste schon großes Glück haben, um zu Beginn dieses geplagten Jahrhunderts auf anrührende Bilder zu stoßen, und dementsprechend hörte man ein Feuergefecht, das sich vor einer im weißen Mondlicht liegenden Felswüste abspielte.

»Warum machst du denn den Fernseher nicht aus, wenn du ein Bad nimmst?«, fragte er.

Jetzt waren es Schreie, Gerenne, Explosionen, Stöhnen, unterdrücktes Schnaufen, apokalyptische Bilder.

Er rollte mit den Augen und bedeutete ihr, dass er keine Antwort erwartete. Er schaltete den Fernseher aus. »Sag mir lieber, ob du dir vorstellen kannst, mit den beiden anderen Frieden zu schließen«, sagte er. »Das wäre mir recht, das wäre richtig gut. Sie sind mein Familienersatz, meine einzigen Freunde, wir haben schon viel zu viel gemeinsam durchgestanden. Sie haben mir sogar das Leben gerettet. Ja, du hast richtig gehört. Mehr brauche ich wohl nicht zu sagen, Gloria. Diese Zeiten sind zwar vorbei. Aber als wir damals in dieser Bar in Athen waren und die Fenster zersplitterten, haben sie mich gerade noch rechtzeitig rausgezogen. Dreißig Sekunden später stürzte das Dach ein. Wenn ich daran zurückdenke, kann ich es kaum glauben. Wir waren wirklich völlig durchgeknallt. Wir wollten alles niederreißen … Heute scheint mir das alles ganz weit weg. Ob du es glaubst oder nicht, ich wohnte in einem Zimmer mit zwölf Quadratmetern. Ich musste mein Bett an die Wand klappen, wenn ich Platz zum Zeichnen haben wollte. Daher meine Vorliebe für Stapel, verborgene Wahrheiten, Schichtungen und den ganzen Quatsch … Klarer Fall. Gérard Gasiorowski ist immer noch eines meiner Idole. Klarer Fall. Aber deshalb weiß ich immer noch nicht, ob du bereit bist, dich mit Anne zu versöhnen. Ich glaube, das wäre gut für alle Beteiligten. Was meinst du …?«

Sie stemmte die Hände in die Hüften und schien mit sich selbst Zwiesprache zu halten. Sie trug ein ärmelloses Shirt und Shorts aus chinesischem Satin mit drei Streifen. Schließlich sah sie ihn wieder an. »Also, wie stellen Sie sich das vor, jetzt gleich? Geben Sie mir fünf Minuten?«

☞ Es war elf Uhr abends. Sie hielten an einer Tankstelle, um Alkohol und Zigaretten zu kaufen.

»Das hatte ich nicht bemerkt«, erklärte er auf der Überführung der Ringstraße. »Ekzeme? Hinter beiden Ohren?«

»Es juckte ihn schrecklich. Je nachdem, wie gereizt er war.«

»Also, wenn ich da an deine Aktion von gestern denke, muss es ihm ja…«

»Reden Sie keinen Müll. Ersparen Sie mir Ihre Bemerkungen. Alex und ich waren nicht verheiratet. Wir hatten uns zu nichts verpflichtet… Damit das klar ist.«

Sie parkten vor dem Mietshaus, in dem Michel und Anne wohnten – ein schickes Viertel voller Springbrunnen und Grünanlagen, mit breiten Gehwegen und ausladenden Vordächern.

Als sie im fünfzehnten Stock ankamen, stießen sie auf Michel, der im Gang vor seiner Wohnungstür stand. »Versucht ihr, sie zur Vernunft zu bringen«, seufzte er. »Macht dieser Verrückten klar, dass ich die Tür aufbrechen lasse. Der Schlüsseldienst ist unterwegs. Das hätte sich dann ja richtig gelohnt. – Hörst du mich? Ich habe nie gesagt, du seist alt und hässlich. Ich habe nicht von dir gesprochen. Anne, verdammt noch mal, mach die Tür auf!«

Sie warteten einen Moment, aber als sich nichts bewegte, stöhnte er laut auf, nahm Marc den Cognac aus der Hand und trank einige Züge aus der Flasche.

Marc nutzte die Gelegenheit, drückte sich vorbei und wandte sich an die Tür. »Hallo«, sagte er. »Ich habe Gloria mitgebracht. Könntest du uns bitte aufmachen? Ich glaube, sie würde gern mit dir sprechen. Ich möchte dich auch darauf hinweisen, dass deine Nachbarn schon neugierig werden, das wird langsam ziemlich unangenehm. Auch der Hausverwaltung dürfte das nicht gefallen. Mach auf. Lass uns auf unsere Freundschaft trinken.«

Wieder herrschte Stille. Kurz darauf hörte man nacheinander fünf oder sechs Schlösser klacken. Marc drehte sich zu Michel und Gloria um, die sich über einige Meter Entfernung hinweg böse Blicke zuwarfen. Er vergaß, was er hatte sagen wollen. Die Tür ging auf, und Anne machte kehrt, um sie in die Wohnung zu lassen.

Wenn Michel wirklich gesagt hatte, was sie ihm vorwarf, dachte er, übertrieb er gewaltig, denn während er ihr ins Wohnzimmer folgte, zeichneten sich ihre Rundungen ab, und er konnte bewundern, wie schön sie sich bewegte.

Michel schlug die Tür hinter sich zu. »Hast du nicht kapiert, dass mich da jemand anschwärzen will? Wenn ich das tatsächlich denken würde, glaubst du, ich würde es dann rausposaunen?«

Anne ignorierte ihn und setzte sich mit angezogenen Beinen auf ein Sofa, während Gloria und Marc gegenüber Platz nahmen, ihre Einkäufe auf den Tisch stellten und hinter ihnen Michel, der sich noch kaum von der Auseinandersetzung erholt hatte, mürrisch vier Leonardo-Longdrinkgläser aus der Bar nahm, dazu Softdrinks, Strohhalme und Eis.

»Vielleicht wäre es besser gewesen, ich hätte ihn dir überlassen«, sagte Anne und wies mit einer betrübten Kopfbewegung auf Michel. »Der Typ taugt nicht viel.«

»Na, danke für das Kompliment«, antwortete Michel. »Tu dir keinen Zwang an, Schatz.«

Anne wandte sich an Gloria: »Also ehrlich, ich möchte wirklich wissen, was du an ihm findest. Werde ich langsam betriebsblind?«

»Nur keine Hemmungen«, knirschte Michel. »Tut, als wäre ich nicht da.«

Gloria schlug die Beine übereinander und zündete sich eine Zigarette an. »Es tut mir leid, dass ich mich gestern mit Ihnen gezofft habe«, erklärte sie, während sie Anne tief in die Augen sah und zugleich Marc ihr Glas hinhielt, damit er es zuerst füllte. »Das tut mir leid. Aber nichts für ungut. Ich glaube, ich hatte einfach zu viel getrunken.«

»Ja, das haben wir gemerkt«, sagte Marc und braute ihr einen Gin Tonic. »Du musst lernen, nein zu sagen. Dich zu beherrschen. Wenigstens bist du dir dessen bewusst.«

»Oh, was redet ihr beiden da eigentlich?«, sagte Anne und wedelte eine nicht vorhandene Wolke beiseite. »Puh! Vergessen wir das alles. Ich selber war ja auch nicht ganz klar im Kopf. Man weiß manchmal nicht, warum einem etwas zu weit geht. Dabei hat man sich vielleicht am Tag davor viel mehr gefallen lassen, ohne aufzumucken, ohne eine Riesengeschichte draus zu machen.«

»Gut, dass du das noch mal betonst«, unterbrach Michel. »Freut mich wirklich sehr, das zu hören. Man kann nicht einfach mitten im Spiel andere Regeln aufstellen. Das solltest du wissen.«

»Ich dachte, du hättest langsam kapiert, dass ich nicht mehr unter deinem Kommando stehe«, antwortete sie. »Wach auf. Wir leben in einem neuen Jahrtausend.«

Michel ließ sich aufs andere Ende des Sofas fallen. »Dieser Golberg ist ein Dreckskerl«, stieß er zwischen den Zähnen hervor. »Der wird noch von mir hören. Aber dass ich kein Waschweib bin, kannst du mir glauben. Schalt doch mal dein Hirn ein. Unterstell mir keine Sachen, die ich nicht gesagt habe. Seine Aussage steht gegen meine, und du glaubst *ihm*? Hört ihr das, Leute?«

Er schüttelte den Kopf und beugte sich vor, um Marc sein Glas hinzuhalten – der auch Wodka und Kaffeelikör im Angebot hatte.

Um Mitternacht waren die Flaschen geleert. Sie gingen auf den Balkon, um frische Luft zu schnappen und Zigaretten zu rauchen, und ließen sich von den Lichtern und dem Geruch der Straße und dem Brausen des Verkehrs fünfzehn Etagen tiefer umspielen.

Der Zorn schien auf beiden Seiten verflogen. Als Anne so alt war wie Gloria, hatte sie auf der Suche nach einem Bohemeleben, das sie ihrem Dasein in den vornehmen Vierteln entreißen sollte, eine ziemlich lange Zeit in unsicheren Verhältnissen zugebracht, in der sie von einem Ort zum nächsten zog, je nach Verfügbarkeit von Schlafplätzen, Stauraum für ihre Sachen und einem eigenen Zahnputzglas, das unweigerlich und immer wieder von anderen benutzt wurde – man fragte besser nicht nach, wofür –, so dass Gloria ihr einen Überblick über die neuesten Trends in diesem Bereich geben konnte, über die Entwicklungen in besetzten Häusern, Gästezimmern oder in WGs, die sich in handfesten Grabenkriegen regelrecht zerfleischten, bei schrecklichen Streitereien vor einem Minikühlschrank oder vor einem beutellosen, in zehn Raten bezahlten Staubsauger.

Es war noch nicht allzu frisch. Marc und Michel standen mit ein wenig Abstand an das Geländer gelehnt, um wenigstens ein bisschen das Gefühl zu haben, sie seien unter Männern. Sie sahen einigen Lichtern am Himmel hinterher, nachdem sie sich auf der Toilette auf Touren gebracht hatten.

»Ich habe grade irgendwo gelesen«, erklärte Michel mit vor Ekel verzogenem Gesicht, »dass sie ein System für Fäkaltransplantationen entwickelt haben. Ich erspare dir die Details. Aber ich frage mich, wohin das führen soll. Wie weit werden sie es noch treiben mit ihren grässlichen Erfindungen?«

»Es ist wie eine Sturmflut, und wir werden mitgerissen. Ich weiß. Es zieht uns immer weiter raus aufs offene Meer.«

»Hast du gesehen, wie sie mich behandelt? Ich glaube, wir haben einen neuen Tiefpunkt erreicht. Es gibt ein Niveau, auf das ich mich nicht herablassen will. Das alles hat eine lange Vorgeschichte, verstehst du. Allmählich geht das über meine Kräfte. Es gibt Dinge, die ich nicht mehr ertrage, es geht um meine Würde.«

Michel war fünfzig, und an manchen Stellen blätterte der Lack ab.

Gegen ein Uhr morgens beschlossen sie, auf die Piste zu gehen.

☞ »Ich glaube, sie verabscheut uns«, meinte Michel, nachdem er sie eine Weile beobachtet hatte. »Ich glaube, das ist es. Und zwar so sehr, dass wir uns gar keine Vorstellung davon machen. Sie verbirgt es erstaunlich gut, aber das muss sie sehr viel Mühe kosten.«

Ich nickte leicht. Ich hatte keine Lust, mich von ihm in eine solche Diskussion hineinziehen zu lassen. Angesichts der höflichen Gleichgültigkeit, die Gloria ihm gegenüber an den Tag legte, seit sie ihren Konflikt mit Anne gelöst hatte, verstand ich seine Frustration, seine Enttäuschung, seine Verbitterung, aber ich hatte nicht die Absicht, in sein Fahrwasser zu geraten. Nicht, dass ich der Meinung gewesen wäre, Gloria sei plötzlich von einer unwiderstehlichen Welle der Zuneigung für uns erfasst worden. Das wagte ich nicht zu hoffen. Ich glaubte, dass man sich noch kein endgültiges Urteil über sie bilden konnte. Wir mussten ihr die Zeit lassen, sich einzugewöhnen.

Wir hatten uns auf eines der letzten schönen Wochenenden im Herbst gestürzt – danach drohte die Finsternis, und es galt, die Zähne zusammenzubeißen. Es war Glorias Idee gewesen, als wir aus dem Brunswig kamen. »Machen wir einen Ausflug aufs Land. Damit wir uns besser kennenlernen. Na los. Tun wir's einfach.« Zuerst fühlten wir uns überrumpelt. Dennoch setzte sich die Idee durch, und wir mieteten ein Chalet an einem der versnobtesten Orte überhaupt, aber die Saison hatte noch nicht begonnen, vor Ort also kein Schnee, keine Menschenseele. Nur eine Crêperie und ein kleiner Lebensmittelladen waren geöffnet. Die Clubs waren geschlossen. Nicht einmal die Banken sorgten sich um ihre Sicherheit. Die Lifte liefen auch nicht.

Aber das Chalet war gut. Es stand am Rand eines großen, dunkelgrünen Sees mit steil aufragendem Felsufer. An einem kleinen Steg lag ein Ruderboot. Das Chalet war groß und bestens ausgestattet. Hinter dem Haus sprudelte ein Jacuzzi für ein Dutzend Leute, während das Zwischengeschoss der Fitness vorbehalten war. Wenn man Hunger oder Durst hatte, drückte man einfach auf einen Knopf, und jemand in der Rezeption am Eingang des Parks nahm die Bestellung auf, die Lieferung erfolgte unverzüglich. Das TV-Programm hatte um die fünfhundert Kanäle. Eine schwarze Box auf dem Nachttisch spielte nonstop Walgesänge oder Regenplätschern im Bambushain, Blätterrauschen oder das fröhliche Gluckern eines Bachs – das hielt man nicht lange aus. Die Duschkabinen hatten Multijet-Köpfe.

»Komisch, dass du das nicht spürst«, beharrte Michel, als Gloria aus dem Jacuzzi stieg und sich in ein Badetuch hüllte. »Das überrascht mich, so kenne ich dich gar nicht. Dass du für so etwas nicht empfänglich bist. Das bin ich von dir nicht gewohnt. Schau sie dir an, ich spüre es bis hierher. Sie versprüht es förmlich. Sag bloß nicht, du spürst nichts, das glaube ich dir nicht. Du machst dich wohl über mich lustig.«

Unsere Getränke wurden gebracht. Ich unterschrieb die Rechnung.

»Versuch mal, ein bisschen fairer zu sein«, meinte ich, als ich ihm einschenkte.

Er kicherte spöttisch. »Da möchte ich dich sehen, wenn eine Frau dich so anmacht, wie sie mich angemacht hat. Da möchte ich sehen, wie fair du noch bleibst, dafür würde ich echt was geben, nur um dein Gesicht zu sehen.«

»Schön. Aber ich hoffe, du willst nicht noch ewig darüber nachgrübeln… Versuchen wir lieber, uns zu erholen. Genießen wir die Natur.«

Er seufzte, dann stand er auf, um ein paar Anrufe zu erledigen, während sich der Himmel über dem Wald purpurrot färbte – eine Forelle sprang in der Abendluft, eine Ente landete flügelschlagend auf dem dunklen Wasser, ein Eichhörnchen lief quer über das Dach und kletterte anschließend an der kupfernen Dachrinne herunter.

Von der Terrasse aus, wo man Liegestühle und Sessel für uns hingestellt hatte, entdeckte ich hinter den breiten Fenstern des Zwischengeschosses Anne, wie sie mit einem Handtuch um den Hals auf einem Gerät ohne Räder strampelte, mit einer Frauenzeitschrift vor sich, heftig atmend und völlig in ihre Lektüre vertieft.

»Das ist doch blödsinnig, seinen Sport drinnen

zu machen, wenn man hier auf dem Land ist, oder …?«, sagte Gloria.

Ich hatte sie nicht kommen hören. Sie hatte einen himmelblauen Bademantel übergeworfen, der zu groß für sie war.

»Anne ist durch und durch Großstädterin«, meinte ich. »Sie könnte an einem Chlorophyllschock sterben.« Das war natürlich nicht übermäßig witzig, aber nachdem sie so gar nicht reagierte, fragte ich mich, ob sie mich überhaupt gehört hatte.

»Wissen Sie«, erklärte sie mir schließlich, »es tut mir aufrichtig leid, ich bin zutiefst betrübt … aber ich muss Ihnen leider sagen, dass ich absolut unempfänglich für Ihren Humor bin, mit den Pointen kommen Sie bei mir gar nicht an. Schrecklich. Eine schwächer als die andere.«

Ich blickte beschwörend zum Himmel: »Das wundert mich nicht. Ich war schon als Kind unfähig, einen Witz zu erzählen, und bin es bis heute. Das ist wie eine Krankheit …«

Michel war am Ende des Gartens angelangt. Als er sich umdrehte, das Telefon immer noch am Ohr, winkte er uns mit der anderen Hand zu.

»Bei ihm bin ich zu weit gegangen«, sagte sie. »Er hat ganz offensichtlich Probleme, darüber hinwegzukommen … Verflixt, manchmal ist mir echt nicht klar, was ich anrichte.«

Besser hätte sie es nicht ausdrücken können. Wie sie sich eine Woche vorher Michel an den Hals geworfen, sich auf der Sitzbank des Brunswig buchstäblich an ihm gerieben hatte und dabei alle Hemmungen, jegliches Schamgefühl und jede Angst vor vor einer Entgleisung beiseiteschob, ließ auf ein launisches, unzugängliches und unkontrollierbares Wesen schließen. Dessen war ich mir bewusst. Ich hatte sie mir nicht ausgesucht. Im Gegensatz zu meinem verstorbenen Sohn. Diese Sache ging mir übrigens immer noch nach. Michel hatte recht, ich hatte seitdem nichts Gutes produziert, hatte nichts Interessantes mehr geschaffen, weder mit meinen Händen noch mit meinen grauen Zellen, und das war seit über einem Jahr so – eigentlich schon viel länger, wenn man es genau nahm, aber nur mein engster Kreis wusste Bescheid und behielt das zum Glück für sich, so dass mein Marktwert noch einigermaßen stabil war und meinem Dealer und meinem Spirituosenhändler eine Art Grundeinkommen sicherte.

»Bestell dir was«, sagte ich zu ihr.

☞ Der Rauch weckte Marc mitten in der Nacht. Zunächst sackte sein Kopf aufs Kissen zurück, denn sie hatten Weißwein getrunken, dann Roten, dann ein paar ordentliche Gläser Gin, aber einige

Sekunden später war er wieder bei Sinnen und sprang aus dem Bett. Zum Glück war er noch angezogen. Er bemerkte den Lichtschein im Garten und hörte ein fauchendes Geräusch hinter seiner Tür.

Er stürzte auf den Treppenabsatz. Das Fauchen schwoll an, es knackte und pfiff, dazu der Rauch. »Feuer! Feuer!«, schrie er, packte seine Tasche und sprang in Glorias Zimmer, die mit verschränkten Armen und gleichfalls angezogen auf ihrem Bett lag. Sie hatten wieder mal übertrieben. Er schüttelte sie. »Wach auf! Wir müssen hier schleunigst raus! Komm schon!«

Mit Schrecken stellte er fest, dass sie bewusstlos war oder zumindest fast. Wenn er sie tragen musste, und alles schien darauf hinzudeuten, und noch dazu ihre Taschen, gab er nicht mehr viel auf sein Kreuz, denn schon seit einigen Tagen umkreiste ihn der Schmerz mit der Beharrlichkeit und der grimmigen Entschlossenheit einer hungrigen Wölfin, er stupste ihn kurz, wenn er sich im Bett umdrehte oder wenn er sich über das Waschbecken beugte, um sich Wasser ins Gesicht zu spritzen. Er wuchtete sie auf seinen Rücken, wimmerte und humpelte aus dem Zimmer.

In der Diele stieß er auf die beiden anderen, die völlig verstört ihre wenigen Klamotten an den Leib pressten.

»Diese verdammte Hütte brennt ja lichterloh!!«, brüllte Michel, während Marc unter dem Gewicht seiner lebenden Last und des Gepäcks mehr schlecht als recht die letzten Stufen hinunterstolperte. Im Wohnzimmer, am anderen Ende des Gangs, wütete das Feuer. Von dort strömten gelbe Rauchschwaden heraus, die dicker waren als geschlagene Sahne.

Er lehnte sich eine Sekunde an die Wand, während Michel sich mit der Tür herumschlug. Sie begannen zu husten. Michel fluchte lauthals, Anne wurde ungeduldig. Endlich gab die Tür nach, und sie stürzten nach draußen.

Das Chalet stand nun vollends in Flammen.

»Marc, wir müssen die Feuerwehr rufen«, meinte Michel. »Hast du die Nummer?«

»Du willst wissen, ob ich die Nummer der Feuerwehr habe?«

Er hievte Gloria auf die andere Schulter.

»Was hat sie denn?«, fragte Michel und runzelte die Stirn, dabei glänzte sein Gesicht im leuchtenden Widerschein des Feuers.

Als Marc gerade antworten wollte, er wisse es nicht genau, gab Gloria ein Lebenszeichen von sich – ein langes, tiefes Röcheln. Sie ließ sich von seiner Schulter gleiten, und sobald ihre Füße den Boden berührten, machte sie drei erbärmliche Schritte – ein Fohlen, das eben aus dem Leib seiner

Mutter gefallen war und bedenklich über seine eigenen Beine stolperte –, bevor sie sich an ihm festkrallte und ihr Gleichgewicht wiederfand.

Sie erstarrte mit aufgerissenen Augen vor den Flammen, die das Chalet verwüsteten. Anne hatte inzwischen die Nummer der Feuerwehr gewählt. Sie gab die Adresse durch und fügte hinzu, dass niemand verletzt sei, aber schon zwei oder drei Tannen Feuer gefangen hätten.

»Hat jemand eine Zigarette?«, fragte Michel, der im Schlafanzug war und sich seine beschlagene Brille abwischte, ohne dabei Gloria aus den Augen zu lassen. »Und überhaupt«, fuhr er fort, »kann mir jemand erklären, was hier eigentlich los ist? Wir haben das Chalet abgefackelt, sehe ich das richtig?«

Marc hielt ihm eine angezündete Winston hin.

»Wart erst mal ab, bevor du behauptest, dass wir irgendwas gemacht haben«, antwortete Anne. »Nichts beweist, dass wir dafür verantwortlich sind. Das kann durch einen technischen Defekt ausgelöst worden sein, durch einen Kurzschluss, wie sie auf dem Land gern vorkommen, oder durch ein Kaminfeuer oder einen Blitz … Lass gut sein, da kümmere ich mich drum.«

Sie machte ein paar Telefonate. Das Chalet brannte noch, als sie bei der Agentur durchsetzte, dass sie ein anderes bekamen, mit genau der gleichen Ausstattung. Als sie nur hundert Meter entfernt ihre neuen Zimmer bezogen, wurde es gerade hell.

Marc setzte sich einen Moment aufs Bett, die Ellbogen auf die Knie gestützt und die Hände verschränkt.

Anne und Michel hatten aus dem Bad das meiste retten können, aber Gloria und er fuhren hinunter ins Tal, denn sie hatten nichts mehr, keine Zahnbürste, keine Creme, keine Wattepads, keinen Kamm.

Sie kauften neue Vorräte an Alkohol, Zigaretten und Paper. Der Tag versprach recht schön zu werden. Sie setzten sich auf eine Terrasse und tranken einen Kaffee. Die Kellner sprachen darüber, was wohl geschehen sein mochte da oben – »Weiß der Geier, was da los war. Weiß der Geier, was die in diesem verdammten Chalet getrieben haben!«

Draußen roch die Luft noch nach Rauch und Lagerfeuer. Sie blieb vor einem Kosmetikgeschäft stehen und erinnerte ihn daran, dass er ihr noch fünf Stunden Bügeln und genauso viel für Gartenarbeit schuldete, und beschloss, sich eine Creme auszusuchen, während er sich bei Rasierschaum und Aftershave-Balsam umsah.

Sie erzählte, dass sie sich diese Creme ungefähr einmal im Jahr gönnte, wenn sie es sich leisten konnte – jetzt hielt sie es nicht mehr aus, hatte den Rückspiegel zu sich gedreht und schmierte sich die Creme auf Stirn, Hals und Wangen, während er ausscherte und in den Verkehrsfluss einbog, nachdem er aus seinem Flachmann einen Schluck von dem Whisky getrunken hatte, der an seinem Körper warm geworden war.

»Das letzte Mal hat Alex sie mir geschenkt, zu meinem Geburtstag«, sagte sie, ohne dabei aufzuhören, sich im Rückspiegel anzusehen. »Das Geld hat er Ihnen aus dem Geldbeutel genommen.«

Er warf ihr einen kurzen Blick zu. Dann griff er nach seiner Sonnenbrille und beschleunigte. »In dem Fall möchte ich sie dir gerne schenken«, sagte er.

Als sie ankamen, zahlte er sie für die Stunden, die er ihr schuldete, damit es keine Missverständnisse gab – ihre Creme kostete mehr als das Doppelte. Ohne auf Glorias schwachen Protest zu achten, drückte er ihr das Geld in die Hand und bat sie, nicht zu zögern, wenn sie in dieser Hinsicht Schwierigkeiten hatte, ihn ohne Scheu anzusprechen, denn in ihrem Alter hatte er gesehen, was es hieß, dass man ein Essen ausfallen lassen musste, beim Kauf einer Hose zögerte, bei seinem Lieferanten in der Kreide stand, der Dispo gestrichen wurde, kurz, die Liste der potentiellen Frustrationen war endlos, und wenn er sich diese Probleme vom Hals geschafft hatte, wenn er heute üppig verdiente und sich mit solchen Sorgen nicht mehr herumquälen musste, so hatte er doch keineswegs vergessen, was für tiefe Wunden sie schlugen und wie sehr jede von ihnen schmerzte.

Anscheinend hatten Michel und Anne in der Zwischenzeit nichts anderes getan, als über das nächtliche Feuer nachzudenken. Aber sie mussten zugeben, dass letztlich keine Spur eine zufriedenstellende Erklärung lieferte, außer der einen, nämlich dass sie zu viel getrunken und wegen ihres Zustands etwas in Brand gesetzt hatten.

Anne kicherte: »Heißt das, wir sollten ab jetzt abstinent leben? Ist das ein Zeichen?«

Sie nahmen ein Sonnenbad auf der Terrasse. Sie hatten tonnenweise Magazine mitgebracht, und eine Weile hörte man nichts anderes als das Umblättern von Seiten und das Rascheln der Zeitungen. Der Geruch von Druckerschwärze lag in der milden Luft. Dann schliefen einige von ihnen ein, denn die Nacht war kurz gewesen. Die Sonne schien, aber sie brannte nicht. Durch die Bäume sah man, dass in der Ferne Arbeiter unter verkohlten Mauern und Balken schufteten, um diese so schnell wie möglich abzutragen.

»Die haben mich angerufen und gefragt, ob wir

Kerzen verwendet hätten«, meinte Anne. »›In einem Chalet aus Holz?‹, habe ich gesagt. ›Halten Sie uns für geistesgestört?‹ Aber die haben in unserem kleinen Laden nachgefragt. Da habe ich gesagt: ›Haben Sie schon mal was von Stromausfällen gehört? Waren Sie schon mal auf dem Land? Wissen Sie, warum die die ganze Zeit Rucksäcke mit sich rumschleppen? Ich bin vorausschauend, das liegt in meiner Natur. Wollen Sie mich deswegen als Kriminelle abstempeln?‹«

»Ach komm, diese Typen sind doch verrückt«, sagte Michel. »Führen sich auf wie der KGB. Aber bei dir beißen sie auf Granit.«

Nachmittags erklärte Marc, er wolle die Entscheidung rückgängig machen, für den Rest ihres Aufenthalts nichts mehr zu trinken. Anne seufzte und zuckte mit den Schultern. Es war nicht das erste Mal, dass er ihre Versuche kippte, eine Pause zu machen. Er schlug vor, niemand solle mehr als ein oder zwei Bier trinken, und die anderen waren einverstanden – er hatte die Minibars mit Asahi aufgefüllt.

Es war besser so. Es war wirklich besser so. Anders hätten sie es nicht durchgehalten. Ein Bier, so am Spätnachmittag, das war doch nicht das Ende der Welt. Er öffnete ohne allzu viel Schuldgefühle seine Dose und schlürfte gierig die herausquellende Schaumkrone weg. Ja, natürlich, Trinken war nicht gut, Trinken war eine schlimme Sache, aber was blieb einem denn anderes übrig? Es gab nicht so viele Möglichkeiten, diese Welt erträglich zu machen.

Anne goss ihren großen Softdrink mit einem Schluck Martini auf. »Aber diesmal essen wir was, wir bereiten uns ein richtiges Mahl zu«, erklärte sie, um sich nicht völlig kampflos zu ergeben. »Keine leeren Bäuche mehr.«

Sie besahen sich die Küchenutensilien, die ihnen zur Verfügung standen.

Sie bestellten Fruchtcocktails an der Rezeption und verfeinerten sie mit einem Schuss Wodka, dann brachen die beiden Männer im bläulichen Abendlicht auf, um den kleinen Laden zu plündern, während die Frauen die Schürzen und die Lasagneformen hervorholten und sich an dem beeindruckenden Herd zu schaffen machten.

»Marc ist ein ganz schlechter Umgang für dich«, meinte Anne. »Ich weiß nicht, ob ihr euch sonderlich guttut.«

Sie richtete ihren Blick auf Gloria, wartete vergeblich auf eine Reaktion. »Es ist nicht unangenehm in deiner Gesellschaft«, fuhr sie fort. »Aber du bist nicht gesprächig. Schlaft ihr miteinander?«

Gloria antwortete mit einem sibyllinischen Lächeln.

Anne sah sie lange an, während sie sich eine Schürze umband, dann lachte sie los, als hätte ihr Gloria einen guten Witz erzählt. Aber sie sagte kein Wort. Sie öffnete eine Flasche Wein, schenkte sich ein Glas ein und leerte es in einem Zug.

Als die Männer vollbepackt mit Einkäufen zurückkamen, war die Chardonnay-Flasche leer – der größte Teil davon war direkt in Annes Blut übergegangen, worauf sie zum letzten Album von Panda Bear Schultern und Hüften kreisen ließ wie ein brünstiger Aal.

Sie trank weiter, während sie die Tomaten blanchierte. Michel sollte sich um die Béchamelsoße kümmern – hier durfte nicht gespart werden, und auch Klümpchen galt es zu vermeiden. Marc übernahm das Fleisch. Gloria schnitt die Champignons. Die Musik war zu Ende, aber niemand schien daran zu denken, noch mal auf Play zu drücken. Anne goss die Tomaten ab, senkte den Blick, fing langsam an, sie zu schälen, und schielte dann ab und zu heimlich zu Marc und Gloria hinüber, die nebeneinander am anderen Ende der Arbeitsfläche standen.

Wenn Gloria fragte, ob noch jemand Wein wolle, streckte sie sofort ihr Glas hin.

Und als es Zeit war, die Lasagne in den Ofen zu schieben, brach sie plötzlich in Tränen aus.

☞ Nach unserer Rückkehr in die Stadt waren wir ein paar Tage total ausgelaugt, fühlten uns auf jeden Fall wesentlich schlechter als vor der Reise. Anne hatte eine richtige Depression, so dass Michel den Haushalt und die Galerie allein schmeißen musste und von morgens bis abends durch die Gegend hetzte. Es war das zweite Mal, dass ich sie so zusammenbrechen sah – das erste Mal war vor fünfundzwanzig Jahren nach unserer Trennung gewesen, die fast tragisch geendet und unsere Clique gefährdet hatte. Sie würde noch mal etliche Kilos abnehmen, Michel zusetzen und mir das Leben zur Hölle machen, wenn ich mit ihr allein war. Keine Ahnung, wie sie darauf gekommen war, dass Gloria und ich miteinander schliefen.

»Die Frage hättest du dir sparen können«, antwortete ich ihr. »Hast du so ein schlechtes Bild von mir?«

»Na klar. Ich kenne dich ja schon lang genug. Ich weiß, zu was für kranken Aktionen du fähig bist.«

»Dass ich mit der Freundin meines Sohns ins Bett gehe? Die Frage allein finde ich schon grässlich, geschweige denn die Vorstellung. Du bist schlichtweg widerwärtig, Anne. Willst du nicht noch wissen, ob wir's auf seinem Grab machen? Hast du vergessen, danach zu fragen? Oder hast du noch einen Rest Taktgefühl?«

Wieder flossen Tränen. Es war nicht mehr wie früher, als sie laut und überbordend geweint hatte, ein bisschen wie ein Sommergewitter, aber wenigstens nicht so lang. Inzwischen flossen ihre Tränen ausdauernd und regelmäßig, völlig illusionslos. Sie verbrauchte ungefähr drei Packungen Taschentücher am Tag und konnte beim besten Willen nicht sagen, was genau an ihr nagte. Heute fühlte sie sich ein bisschen besser, sie schneuzte sich nicht so oft.

»Eifersüchtig? Du machst wohl Witze, Marc, träum weiter. Fick dich.« Wir sprachen leise, denn die Galerie verkaufte eine Serie von Zeichnungen und Lithos, die ich aus Basel zurückgeholt hatte, da musste ich Präsenz zeigen für ein bisschen *meet and greet.* »Fick dich«, stieß sie nochmals zwischen den Zähnen hervor. »Du bist der unsensibelste Mensch, den ich je kennengelernt habe.«

Im Vorübergehen schnappte ich mir ein Glas Champagner und trank es aus. »Du denkst immer nur an dich«, fing sie wieder an. »Da kennst du nichts.« Ich stellte das Glas ab.

Und ließ mich nur allzu gern von einem dieser ignoranten Sammler abziehen, der mich am Arm gefasst hatte – er kaufte regelmäßig meine Arbeiten, aber aus den falschen Gründen –, denn an diesem Abend schien mir keine Gesellschaft unerträglicher und deprimierender als die von Anne, aber ich hatte mich getäuscht. Binnen fünf Minuten machte mich der Typ buchstäblich sprachlos. Es schmerzte mich regelrecht, dass er diese sehr persönliche Seite meines Werks schätzte, es war mir körperlich unangenehm.

Ich kehrte zu ihr zurück und sagte ihr, dass ich genug hätte und nach Hause ginge.

»Wenn das ein Witz sein soll, ist er nicht besonders gut«, sagte sie und verzog das Gesicht.

☞ Im Taxi hörte ich, dass gleich bei mir um die Ecke eine Party stieg, und ich beschloss augenblicklich hinzugehen, weil ich dringend Ablenkung brauchte.

Es waren Freunde von Elisabeth. Die eine Schwäche für Künstler hatten und es immer so einrichteten, dass ein paar dabei waren, wenn sie etwas machten – und sie machten jeden Monat etwas, um in dem Loft ihre Boni zu feiern. Géraldine, die Gastgeberin, war eine Wasserstoffblonde mit kräftigem Kinn und falschen Brüsten. Er hieß Roger, ein ultraliberaler Idiot und so hässlich, dass er schon fast wieder gut aussah. Selten hatte ich schlechten Stoff bei ihnen rumgehen sehen, und ihre Bar war beeindruckend.

Ich ging direkt hin und mixte mir einen Gin Tonic, bevor ich aufblickte und mich umsah. Es waren Schauspieler, Schriftsteller, deren Agenten und etliche Models da. Die Stimmung war angenehm, wenn auch belanglos. Ich setzte mich in eine Ecke und seufzte zufrieden – wobei mein Blick den einer rothaarigen Frau in grünem Kostüm kreuzte, die ganz in meiner Nähe saß, doch da erwischte mich Roger und fläzte sich auf meine Sessellehne, um mit mir über Elisabeth zu reden. »Das geht jetzt schon mehrere Monate«, meinte er kopfschüttelnd, »das wird langsam beunruhigend.«

»Du hast den Nagel auf den Kopf getroffen. Bravo. Hast du was von ihr gehört?«

»Nichts Neues. Mal sagt sie, sie kommt zurück, und dann ändert sie ihre Meinung wieder.«

»Ich weiß nicht genau, ob noch was zu retten ist, egal, ob sie zurückkommt oder nicht.«

»Sag so was nicht. Gib ihr Zeit, sich wieder zu fangen. Es war nicht gerade leicht, es mit dir auszuhalten. Am Schluss ist sie in die Knie gegangen.«

»Knien ist doch gar nicht so schlecht. Besser jedenfalls, als wenn du auf dem Boden liegst und angezählt wirst, glaub mir.«

Er tätschelte mir den Rücken, dann stand er wortlos auf und rauschte mit eingezogenem Kopf davon. Die Musik war ziemlich laut, ein Remix von Ryuichi Sakamoto, absolut umwerfend. Ich leerte meinen Gin.

Die Frau im grünen Kostüm beugte sich zu mir herüber. »Guten Abend«, sagte sie. »Das ist doch von Ihnen, oder?« Sie wies auf eine Mini-Skulptur auf dem Couchtisch, die ich in dem Jahr gemacht hatte, als Julia mich verlassen hatte und ich mit meinem Sohn zusammen eine neue Bleibe suchen musste, und meine Laune damals wurde von diesem verkohlten Kunstharzblock, der mit Glasscherben gespickt war wie manche Mauerkronen, perfekt widergespiegelt. Ich nickte, nun beugte sie sich noch weiter zu mir und gestand mir, dass sie sich unheimlich geehrt fühle, ein paar Worte mit mir zu wechseln. »Ich war vorhin in Ihrer Ausstellung. Ich habe Sie gesehen. Es war unglaublich intensiv.«

»Freut mich, dass es Ihnen gefallen hat. Danke.«

»Ich war verzaubert oder, besser gesagt, zutiefst ergriffen …«

Bei diesen Worten knabberte sie an ihrer Unterlippe.

Sie war um die vierzig, hatte lange weiße Hände und war geschmackvoll gekleidet. Da wir ein bisschen abseits saßen, zog sie unauffällig einen Spiegel aus ihrer Handtasche und fragte mich, ob ich auch etwas wolle.

»Sie können Gedanken lesen«, meinte ich und schob meinen Stuhl an ihren heran.

Die Nacht konnte beginnen. Ich lockerte sofort meine Krawatte, ging noch mal an die Bar und hatte das sichere Gefühl, genau das Richtige zu tun. Denn sicherlich war es das Beste, eine gewisse Distanz zu wahren, ein wenig auf Abstand zu gehen, sonst bekam man noch Selbstmordgedanken. Solche Feste waren ideal, wenn man tief durchatmen, sich hinsetzen, Musik hören, etwas trinken, mit Frauen reden und sich vom Rest der Welt abschotten wollte.

»Zeigen Sie mir Ihre Hände«, verlangte sie und griff nach ihnen.

Sie presste sie gegen ihre Wangen und gab sie mir dann kommentarlos wieder zurück.

Von da an war ich langsam richtig high. Endlich. Ich atmete auf. Ich entspannte mich. Diese Tage auf dem Land hatten auch mich mitgenommen, und jetzt begann ich auf einmal zu schweben, hatte nur noch ein eingeschränktes Sichtfeld und glitt in einem goldenen Licht dahin, dessen Wärme mir wunderbar angenehm war. »Schön, dass Sie da sind«, sagte ich ihr. »Wirklich sehr schön.«

»Sehr nett, dass Sie das sagen. Ich würde Ihnen nur allzu gerne glauben.«

Ich horchte plötzlich auf, denn es lief *The Glorious Land* von P. J. Harvey. Ich reckte meinen Zeigefinger zur Decke. »Diese Frau ist so wahnsinnig gut«, meinte ich headbangend. Ich schloss die Augen und konzentrierte mich eine Weile auf die Musik. »Glauben Sie mir«, sagte ich und nahm ihre Hand. »Ich habe einige anstrengende Tage hinter mir, und Sie sind dabei, das alles auszulöschen.« Jetzt hörte man *On Battleship Hill* – es war zum Niederknien. Ich drückte ihre Hand an meine Lippen. »Sie müssen mir die Adresse Ihres Lieferanten geben«, sagte ich. Sie grinste mich breit an und holte erneut den Spiegel aus ihrer Handtasche. Ich beugte mich über sie und gab ihr einen Zungenkuss, vergrub meine Hand in ihren Nackenhaaren.

Während sie ihre Utensilien wieder wegpackte, ging ich neue Drinks holen.

»Auf unser Zusammentreffen!«, sagte ich zu ihr. »Was machen Sie beruflich?«

»Nichts Besonderes. Ich lese, ich reise.«

»Was für ein schöner Beruf«, hätte ich beinahe gesagt. Ich bedeutete ihr, näher heranzurücken. »Kommen Sie, kommen Sie her … Näher zu mir.« Wieder küsste ich sie mit vollem Einsatz und streichelte ihre Brüste, was sie zu entzücken schien – sie trug keinen BH.

Als ich einige Minuten später mein Glas austrank und mir sicher war, dass ich danach nicht mehr aufstehen könnte, musste sie mich zu meiner Überraschung nur am Ärmel zupfen, um mich auf die Beine zu stellen.

»Das Kinderzimmer«, flüsterte ich kaum hörbar. »Da haben wir unsere Ruhe.« Ich hatte das Gefühl, vor meinen Augen tanzten Lichtpunkte und die vorüberziehenden Gesichter seien verzerrt.

☞ Als Roger hereinkam, hatte ich meine Hose schon wieder hochgezogen, meine Partnerin gönnte sich aber noch einen kleinen Aufschub. Sie kniete vor einem der beiden Betten der Zwillinge, immer noch in der Position, in der ich sie vor kaum einer Minute genommen hatte, den Oberkörper nach vorne gebeugt, den Rock auf den Hüften zusammengerafft, mit ihrem nackten, einladenden, feucht glänzenden Hintern, und rang nach Luft.

Bei diesem überraschenden Anblick blieb er mit dem Türknauf in der Hand stehen, bis ich mich vor ihn stellte und ihm die Sicht versperrte.

»Was geht hier ab, Marc?!«, bellte er mit verzerrtem Gesicht.

»Alles in Ordnung«, sagte ich und drängte ihn aus dem Zimmer. »Was gibt's?«

»Du treibst es hier in meiner Wohnung? Im Zimmer meiner Kinder?«

»Deine Kinder sind nicht da, Roger.«

»Das ist das Kinderzimmer, verdammte Scheiße!«

Kinder kriegen machte wunderlich. Keine Kinder kriegen machte auch wunderlich.

Ich warf einen Blick über seine Schulter und bemerkte den schwachen Schein der Morgendämmerung.

»Es ist spät«, sagte ich.

»Aus welchem Loch bist du eigentlich gekrochen?«, krakeelte er. »Aus was für einem barbarischen Bau? Du elender Wilder! Willst du dich aufführen wie der letzte Höhlenbewohner? Wer gibt dir das Recht, dich im Bett meiner Tochter zu suhlen, du kranke Sau?! Mach, dass du rauskommst. Scheiße, Marc, raus aus meiner Wohnung!«

Die Frau und ich trafen uns draußen wieder, und ich begleitete sie zu ihrem Wagen.

»Soll ich Sie nach Hause bringen?«, fragte sie.

Sie sah echt nicht schlecht aus. Jetzt, bei Tageslicht, war ich überrascht, dass mir eine Enttäuschung erspart blieb.

»Nein, nein, besten Dank«, sagte ich. »Danke, ich glaube, ich werde ein Stück laufen.«

Zum Abschied küssten wir uns herzlich auf die Wangen, glücklich darüber, dass wir uns getroffen hatten, dann ging ich ein paar Schritte rückwärts – eine ziemliche Leistung in meinem Zustand, dieser Zustand unendlicher Schwäche, den ich nur zu gut kannte, wenn ich über die Stränge geschlagen hatte –, machte eine Kehrtwendung und strebte in die andere Richtung davon.

Ich stellte meinen Kragen auf, denn die Luft war kühl. Der Tag brach gerade erst an. Ich fragte mich, ob ich mich nicht ein bisschen überschätzt hatte, was die Menge meines Konsums diverser Substanzen im Laufe der Nacht anging und auch was meinen Glauben an die Fähigkeit betraf, zu Fuß nach Hause zu kommen – das schien inzwischen alles andere als sicher, und eine automatische Ansage teilte mir mit, dass in diesem Bezirk keine Taxis zur Verfügung standen. Ich war wacklig auf den Beinen, und die Straße schien bergauf zu gehen. Ich erkannte nichts wieder. Fast hätte ich einen Herzinfarkt bekommen, als ein Hund gegen den zwischen uns gezogenen Zaun sprang, ich machte einen solchen Satz, dass es mich auf den Asphalt legte, der an dieser Stelle schrecklich rauh war. Dabei gingen meine Jacke und die Haut meines Unterarms drauf. Wieder aufzustehen war nicht leicht. Der Hund sprang weiter gegen den Zaun und bellte wie eine Ausgeburt des Teufels. Ich bemerkte einen Mann, der mit den Händen in den Hosentaschen hinter dem Tier stand und das klägliche Spektakel belächelte, das ich abgab – zerzaust, verstört, blutig, wimmernd. War ich schon einmal an diesem Haus vorbeigekommen? Sagte mir diese Straße etwas? In einer anderen Zeit hatte ich gelernt, mich meiner Augen zu bedienen, mir Orte einzuprägen, ein

Detail zu beachten, aber ich war völlig hinüber, und es fiel mir immer schwerer, den kürzesten Heimweg zu finden, man musste den Tatsachen ins Auge sehen.

Ich war am Ende meiner Kräfte, als ich in der noch zitternden, bläulichen Morgendämmerung zu Hause ankam. Bereit für die nächste Runde.

Gloria betrat die Küche, während ich gerade am Küchentisch saß und zuschaute, wie sich zehn 200-mg-Brausetabletten Aspirin auflösten, beschienen von der zaghaften Morgensonne, die durch die Fenstertür fiel. Ich stöhnte vor Schmerz, als sie den Lichtschalter betätigte und uns mit einer Welle brennenden Lichts überflutete. Ich drehte mich zu ihr, den Arm schützend gegen das Licht erhoben.

»Sie sehen übel aus«, meinte sie.

»Was geisterst du denn schon hier rum? Es ist gerade mal sechs Uhr in der Früh. Und sprich nicht so laut, bitte.«

»Sie haben mich aufgeweckt. Sie haben irgendwas runtergeschmissen. Deshalb bin ich wach.«

»Ich habe den Racletteofen runtergeworfen. Er stand kippelig auf einer Stuhlkante.«

»War es denn so dunkel?«

»Die Frage ist nicht, ob es dunkel war oder nicht, Gloria. Die Frage ist, *wer* dieses Ding da so schlau hingestellt hat.«

Sie musterte mich mit zusammengekniffenen Augen. »Sind Sie schlecht gelaunt?«

»Nein, geht schon, so einigermaßen.«

»Ich mache Kaffee. Wollen Sie auch einen?«

Als sie an mir vorüberging, blieb sie kurz stehen, dann hielt sie sich die Nase zu. »Ach du Schande, wonach riechen Sie denn? Wie eklig!«, rief sie.

Ich zuckte mit den Schultern.

Ich nahm mein Aspirin.

»Und was wollen Sie mit dem Arm machen?«

»Alles in Ordnung. Ich kümmere mich drum. Du kannst dich wieder schlafen legen.«

»Ich rate Ihnen dringend, sich zu duschen, weil ... puh! Also echt ...!«

Ich sah sie wortlos an.

»Na und«, fuhr sie fort, »wie war denn die Party? Gut?«

Ich nickte. Sie trug ein T-Shirt, das ihr bis zu den Knien ging.

»Haben Sie 'ne Nutte geknallt?«

Ich verzog das Gesicht. »So würde ich das nicht nennen.«

»Haben Sie eine andere Bezeichnung dafür?«

»Ich finde dich ein bisschen streng. Mir scheint, du bist keine Frühaufsteherin. Zumindest das hast du mit Alex gemeinsam. Morgens war es unmöglich, auch nur ein Wort mit ihm zu wechseln.«

»Was? Wie kommen Sie denn darauf? Er war in der Früh der reinste Engel, was reden Sie da eigentlich? Schauen Sie lieber mal, in was für einem Zustand Sie sind.«

»Ich weiß, in was für einem Zustand ich bin. Das passt mir ganz ausgezeichnet.«

»O ja, ich weiß. Er hat ab und zu von Ihnen erzählt.«

»Ach ja? Wunderbar. Hat er sich über sein schreckliches Schicksal beklagt?«

Ohne ihre Antwort abzuwarten, schwang ich mich auf und begab mich mit steifen Schritten ins Wohnzimmer, um mir ein großes Glas Gin-Martini zu mixen. Seit Elisabeth weggegangen war, hatte keine Pflanze überlebt, alle Vasen waren leer, und ich fand das Zimmer trostlos, die Sofas bildeten das einzige Highlight, sie waren breit und tief, fest und gemütlich, ich hatte sie mal spontan aus Dänemark kommen lassen.

Ich wollte mich für eine Minute hinsetzen, bevor ich mich in mein Schlafzimmer zurückzog – wenn mir das noch möglich war. Ich leerte mein Glas. Manchmal ging man nicht weit genug und musste ein letztes Mal ran. Ich blieb sitzen und umklammerte meine Knie, sie begannen zu zittern.

☞ Am nächsten Tag schaffte er es, vor zwölf Uhr in seinem Atelier zu sein – der letzte Teil der Strecke, den er auf dem Fahrrad zurücklegte, machte ihn wieder munter. Er bestellte ein paar Kaffees und ein Sandwich, dann nahm er mit Beitel und Feile einen Harzblock in Angriff. Mit schmerzenden Armen machte er eine Pause, rauchte eine Zigarette und stürzte sich noch heftiger in die Arbeit.

Als die Dämmerung hereinbrach, war er gut vorangekommen. Körperlich war das ein harter Tag gewesen. Er hatte sechs Stunden ununterbrochen gearbeitet, jetzt schlug die Müdigkeit durch. Er wusste nicht mehr, wann er tags zuvor ohnmächtig geworden war, und auch nicht, wer ihn ins Bett getragen hatte, aber wie dem auch sei, diese Müdigkeit war das mindeste, mit dem er zu rechnen hatte. Er fühlte sich bedrückt und erschöpft.

Er ließ alles stehen und liegen und blieb eine Viertelstunde unter der Dusche. Je mehr Jahre ins Land zogen, desto länger brauchte man, um sich zu erholen. Er rieb sich trocken. Wenn er davon ausging, dass er in Bestform mit hundert Stundenkilometern unterwegs gewesen war, brachte er es heute auf ungefähr fünfundsechzig, und das zeigte ganz eindeutig, welchen Lauf die Dinge nahmen. Er stieg auf sein Fahrrad und rollte langsam bis zum Bahnhof. Er machte halt, um ein Entrecôte zu kaufen – früher wäre er direkt und ohne etwas Ordentliches im Magen in einen Club oder auf irgendeine Party gestürmt. Mit ausgedörrter Kehle und gepuderter Nase.

Es war noch nicht spät und die Metro voll, aber sie rauschte über die blockierten Straßen, verstopften Boulevards und gelähmten Kais, das machte sie erträglich. Am anderen Ende der Linie stieg er in seinen Wagen und raste davon, um die Staus zu vermeiden, die unweigerlich entstanden, wenn zwei oder drei Dummköpfe sich zur selben Zeit ans Steuer setzten.

Er machte einen Abstecher zu Michel, um ihm die Fotos und die Anweisungen für den Abguss der heute fertiggestellten Arbeiten zu geben, aber er war noch unterwegs. Anne schenkte ihm ein Glas Wein ein, während er sein Telefon an den Rechner der beiden andockte und Michel die Erläuterungen und die Fotos schickte. »Wo ist er denn?«, fragte er, ohne seine Augen vom Monitor abzuwenden, während er einige Notizen zu seinen neuesten Ideen bezüglich der Konservierung seiner Arbeiten eintippte, da diese weiterhin munter in ihre Bestandteile zerfielen (zuletzt im Büro des französischen Botschafters in Rom, Palazzo Farnese), ohne dass es eine plausible Erklärung dafür gab – vielen Künstlern seiner Generation erging es übrigens ähnlich.

»Ich hab keinen Schimmer«, antwortete Anne, die noch etwas wackelig auf den Beinen wirkte und, den Ellbogen in die Hand gestützt, gleich einer Dampflok eine Zigarette nach der anderen rauchte. Er loggte sich aus und erhob sich vom Schreibtisch. Er hatte den ganzen Tag nichts genommen, war aber Spielball heftiger Flashbacks und Come-downs.

»Ist mir sowieso ziemlich egal«, fuhr sie fort und schnippte ihre Asche ab. »Ich hab andere Sorgen …« Sie ließ sich in einen Sessel fallen. Der Blick auf die Stadt war großartig. »Die berühmte Midlife-Crisis«, seufzte sie. »Die kann wohl auch etwas früher einsetzen, scheint mir. Weißt du, was ich meine?«

»Absolut.«

Dass Alex zu einer vegetarischen Ernährung übergegangen war, hatte ihn auf eine gewisse Art gerührt, dennoch ging er nun unverzüglich nach Hause, um sein Entrecôte zu braten und den Verband zu wechseln.

Sobald Gloria ihn hereinkommen hörte, erzählte sie ihm, dass sie sich bis zum Einbruch der Dunkelheit beobachtet gefühlt habe, es hatte hinter dem Haus angefangen, als sie Kleinholz sammelte, und drinnen war es weitergegangen, so dass sie sich eingeschlossen und einen Film angesehen habe, mit einem Küchenmesser auf dem Schoß.

Aus einer mit Kugellagern versehenen Schublade nahm er eine starke Taschenlampe und probierte aus, ob sie funktionierte, bevor er sie Gloria hinhielt. »Schau nach, ob du was siehst«, sagte er zu ihr. »Willst du Fleisch?«

»Fleisch?«

»Im Gemüsefach habe ich noch ein paar Radieschen gesehen. Die lasse ich dir.«

Sie ging nach draußen, und er sah, wie sie am Fenster vorbeikam, sich dann entfernte und die Umgebung mit ihrer Lampe absuchte, als ob sie Pilze sammeln würde. Sie machte ihm Angst. Letztlich machte diese Frau ihm Angst. Er stellte eine Pfanne auf den Herd. Er schenkte sich ein Glas Weißwein ein. Und gerade als er glaubte, sie aus den Augen zu verlieren, machte sie kehrt und kam zurück.

»Nein, keine Ahnung, ich habe nichts gesehen…«, seufzte sie und schloss die Tür hinter sich. Sie schenkte sich auch ein Glas ein. Sie erkundigte sich nach Anne, und er antwortete, dass sie sich besser fühle und in zwei oder drei Tagen bestimmt wieder in der Galerie arbeiten könne. Er wendete sein Fleisch. »Seit du da bist, geht es bei einigen Leuten drunter und drüber«, fuhr er fort. »Ist dir das aufgefallen?«

Sie polierte einen Apfel an ihrem Ärmel. »Nein.

Echt?« Sie machte es sich auf einem der Sessel im Wohnzimmer bequem, während er sich an den Tisch setzte. Er verzehrte in aller Ruhe sein Fleisch, ohne auch nur ein Wort mit ihr zu wechseln.

Als er aufstand, fragte sie: »Und Anne, haben Sie die gevögelt?«

Er nickte: »Ich war ein ganzes Jahr mit ihr zusammen. Das ist lange her. Aber dennoch nicht leicht zu vergessen. Ich machte immer ein Riesentheater, weil ich die ganze Nacht bei ihr im Bett bleiben wollte. Noch dazu waren wir politisch im gleichen Lager. Michel und ich haben sie bei einem Überlebenstraining kennengelernt, wo sie brillierte und uns richtig geplättet hat. Mich zuallererst.«

Er räumte seinen Teller in die Spülmaschine. »Sie brauchte kein Messer, um sich zu verteidigen«, fuhr er fort. »Sie hat dich wirklich geschont neulich. Anne konnte mit bloßen Händen einen ausgewachsenen Mann töten, als sie zu uns stieß. Ich sage nicht, dass sie deswegen aufgenommen wurde, aber ich weiß, dass es eine Rolle gespielt hat. So läuft es auf dieser Welt – wer gewisse Techniken beherrscht, hat entscheidende Vorteile.«

Er kam ins Wohnzimmer.

Sie sah zu ihm herüber. »Gehen Sie nicht aus? Läuft denn gar nichts heute Abend?«

Sie bediente sich fast immer dieses leicht verächtlichen, sarkastischen Tons, wenn sie mit ihm redete. Er hoffte, das würde nicht zur Gewohnheit werden.

»Nein. Heute Abend gehe ich früh ins Bett. Auf etwas anderes habe ich keine Lust.«

Genau in dem Moment, als er das sagte, bemerkte er einen Schatten im Garten.

Er schnappte sich den Baseballschläger, der bei den Regenschirmen in der Diele stand, und lief hinaus, wobei er das Ding über seinem Kopf schwang, aber der andere schlug sich schon in die Büsche. *»Hey!«*, brüllte er und rannte hinter dem Fliehenden her. *»HEY!!«* Er hatte schnell zu ihm aufgeschlossen. Sie waren fast an der Straße angekommen, als er sich dem Unbekannten in die Beine warf und sie ineinander verkeilt einige Dutzend Meter den Hang hinunterrollten, bis sie endlich liegen blieben.

»Sag mal, was ist denn mit dir los? Was ist denn in dich gefahren?!«, rief er wütend und packte Michel am Kragen – ließ ihn aber sofort wieder los wie eine heiße Kartoffel. Michel stand als Erster wieder auf, bleich und keuchend. Marc ließ ihn nicht aus den Augen.

»Was denn?«, meinte Michel, während er sich seine Kleidung sauber rieb und mit der Hand durch seine Haare fuhr. »Ich habe hereingeschaut, na und? Ich wollte zu dir. Ich hab schon geglaubt, du seist verrückt geworden. Du hast mir eine Heidenangst eingejagt, Alter.«

Er blickte auf die Hand, die Michel ihm hinstreckte, um ihm aufzuhelfen. Er zögerte einen Moment, noch aufgewühlt von ihrer erbitterten Verfolgungsjagd. Aber schließlich nahm er das Angebot an, ließ sich hochziehen und klopfte sich nun ebenfalls ab. »Ich habe deine Mail gekriegt«, meinte Michel, »und ich wollte noch ein oder zwei Sachen mit dir besprechen, bevor ich nach Hause fahre. Ich bin nicht gekommen, um mich auszuknocken zu lassen, das kannst du dir ja denken. Aber stimmt schon, ich bin stehen geblieben und habe euch beobachtet. Das sah aus wie ein Gemälde. Tja, ich habe einen leicht voyeuristischen Zug.«

Marc antwortete nicht. Sie gingen wieder zum Haus hinauf.

»Da fällt mir ein«, meinte er. »Anne fragt sich, wo du abgeblieben bist.«

»Na, ich hoffe, sie grämt sich nicht zu Tode«, knirschte Michel.

Ein paar Sterne funkelten schwach, die Bäume waren dunkel und still, in den benachbarten Häusern brannten ein paar Lichter, hinter ihren Vorhängen bewegten sich Formen, ein paar Boote trieben auf dem Fluss, ein paar Glühwürmchen, ganze Mückenschwärme wirbelten unter der Straßenbeleuchtung, ein paar Leuchtkäfer krochen aus dem Laub am Boden, die Nacht vibrierte noch vom Summen der Insekten, aber schwächer als zuvor.

»Ich möchte, dass du die Typen auftreibst, die vor kurzem Abdrücke von ägyptischen Mumien gemacht haben. Ich möchte mit denen reden«, meinte er und bemerkte plötzlich, dass Michel wahrscheinlich nicht im Geringsten mitkriegte, was er gerade sagte – denn er stand mitten im leeren Wohnzimmer vor den Fenstern, regungslos, stumm und angespannt, die geballten Fäuste in den Taschen vergraben.

Er machte es sich in einem Sessel bequem, bis Michel wieder zu sich kam. Von dieser Seite des Patios hatte man direkten Einblick in das Zimmer von Gloria, zumindest sah man das Licht hinter dem roten Vorhang schimmern, der vor ihr Fenster gezogen war und seinen Freund buchstäblich zu hypnotisieren schien.

»Na, so was, das ist ja krass«, prustete er kopfschüttelnd los. »Mir scheint wirklich, dass sie vor mir Reißaus nimmt. Oder sie denkt, ich habe eine ansteckende Krankheit.«

Marc versuchte ihn zu beruhigen. »Das ist ein schwieriges Alter, eine andere Generation, zerbrich dir darüber nicht den Kopf. Die sind nicht wie wir. Achte nicht auf sie, richte dich eher auf einen Marathon ein. Wir werden sie nicht in ein paar Tagen bändigen, da mach dir keine Hoffnungen.«

Er nahm zwei Bier aus dem Kühlschrank, aber Michel erklärte, er wolle keins, er fahre lieber nach Hause, weil er sich plötzlich müde fühle. Völlig am Ende.

☞ In Anbetracht dessen, was danach passierte, ist mir bewusst geworden, dass es im Vorfeld reichlich Warnsignale gegeben hatte, Hinweise, die ich nicht richtig verstanden hatte – vielleicht nicht hatte verstehen wollen. Aber es war sicherlich schon zu spät, noch irgendetwas zu unternehmen, als in meinem Kopf eine leise Vorahnung aufkeimte.

Weniger als vierzehn Tage lagen zwischen dem Abend, an dem Michel und ich uns im Straßengraben gewälzt hatten, und der schrecklichen Tragödie, die sich in unserer unmittelbaren Umgebung abspielen sollte. Vierzehn Tage! Das ist zugleich viel und wenig, würde manch einer sagen.

☞ Am Tag nach meiner Auseinandersetzung mit Michel – ein paar Blutergüsse zeugten noch von unserer glorreichen nächtlichen Einlage – war ich mit einem jungen Dealer in einem Stadtteil verabredet, der nicht gerade den besten Ruf genoss. Er lag auf der anderen, nicht eben familienfreundlichen Seite der Brücke, doch im Sonnenlicht sah es dort gar nicht so trist aus. Am frühen Morgen war ein Mann in Feuerwehrausrüstung mit einem Kind in den Armen aus der Tür einer brennenden Wohnung geschritten, und dieses Video lief im ganzen Land nonstop auf allen Kanälen, so dass die Leute im Allgemeinen recht gute Laune hatten – obwohl sie von Banken und Spekulanten abgezockt worden waren –, im Übrigen war es noch warm, sie blickten also vertrauensvoll und heiter in den Tag. Deshalb waren die Flussufer gut besucht und wurden auf unterschiedlichste Art genutzt, waren dafür aber breit genug und boten viele ruhige, schattige, ordentliche, begrünte Plätzchen, die die Stadt aus Imagegründen pingelig pflegte. Das Wasser blitzte, der Fluss gluckerte wie eine Quelle. Ich flanierte dahin und dachte über die Schäden an meinen Arbeiten nach, wenn sie extremer Hitze oder Kälte ausgesetzt waren. Ich stand mit einem Hamburger Maler in Kontakt, der auf dieselben Schwierigkeiten gestoßen war wie ich und mir das Rezept einer selbsterfundenen Mixtur gegeben hatte, aber ich war unschlüssig, ob ich mit feuergefährlichen Stoffen herumhantieren sollte.

Auf dem Weg näherte ich mich einer Gruppe etwas zwielichtiger Jugendlicher, die mit Verschwörermiene um eine Bank standen und redeten, und sah, dass Gloria unter ihnen war. Ich machte sofort kehrt.

Ich hoffte, dass sie nicht auf mich aufmerksam geworden war, denn ich verspürte keine Lust, ihr zu erklären, was ich in der Gegend getrieben hatte. Aber gleichzeitig fragte ich mich, was *sie* dort getrieben hatte.

Zwei Straßen weiter holte ich meinen Dealer ab und erklärte ihm, was vorgefallen war, aber diese kleine Programmänderung brachte ihn anscheinend an den Rand der Hysterie, er protestierte lauthals, fluchte, und bald blieben ein paar Gaffer stehen und umringten uns, und ich dachte daran, was dieser Trottel alles in seinen Taschen haben mochte, und fand es unglaublich, wie er mitten auf der Straße so einen Aufstand machen konnte, er musste völlig durchgeknallt sein.

Ich ließ ihn kurzerhand stehen. Die Persönlichkeit eines Dealers ist genauso wichtig wie seine Ware, und dieser Kerl brachte ganz offensichtlich nicht die richtigen Eigenschaften mit.

Ich nutzte die Gelegenheit, um zu dem Grüppchen zurückzukehren, traf diesmal aber alle nötigen Vorsichtsmaßnahmen, damit Gloria mich nicht entdeckte.

Von der Clique ging etwas sehr Seltsames aus, das ich wegen meines überstürzten Rückzugs nicht wahrgenommen hatte: Sie sahen sich verblüffend ähnlich, hätten sogar Geschwister sein können oder, besser noch, Zwillinge, auch Gloria passte dazu. Sie gaben ein ziemlich erstaunliches Bild ab. Gloria starrte ein paar Sekunden lang in meine Richtung, aber ich zuckte nicht mit der Wimper, und sie bemerkte mich nicht. Währenddessen beendeten die anderen eine Art verschwörerisches Getuschel, dann wandten sie sich ihr zu und schienen sie zu maßregeln, denn sie ließ den Kopf hängen, nickte und schaute zu meiner Überraschung wie ein kleines Mädchen, das man bei einer Dummheit ertappt hatte. Soweit ich mitbekam, versuchte sie zwar, sich herauszureden, aber ihre Ankläger ließen nicht locker und befahlen ihr, die Klappe zu halten.

Als ich recht verdutzt beschlossen hatte, mich auf den Heimweg zu machen, fing mich ein Stückchen weiter mein Ex-Dealer ab und erging sich in Entschuldigungen, er stehe unter dem Einfluss eines neuen Produkts, wofür ich ja sicherlich Verständnis hätte.

»Das kannst du vergessen«, antwortete ich ihm. »Geh mir aus den Augen.«

Ich fuhr sofort nach Hause und durchsuchte ihr Zimmer, aber sie hatte nur sehr wenige Habseligkeiten, und ich fand nichts, stieß nicht auf den kleinsten Hinweis, der von Interesse gewesen wäre, außer eben den, dass nichts Interessantes vorhanden war.

Ich blieb noch einen Moment auf ihrem Bett sitzen. Das Foto von Alex, das sie mir entwendet hatte, kurz nachdem sie die Räumlichkeiten mehr oder weniger verwüstet hatte, thronte nun in einem Reisefotorahmen aus poliertem Metall auf ihrem Nachttisch, aber ich scheute mich, es anzusehen.

Als ich ihr Zimmer verlassen hatte, merkte ich, dass es schon später Nachmittag war, und beschloss, nicht mehr ins Atelier zu fahren. Ich nahm mir ein Glas Wein und holte Material aus dem Zwischengeschoss, um ein Modell für ein Projekt der Postdirektion zu bauen, das ich ein bisschen vernachlässigt hatte.

Es war dunkel, als sie nach Hause kam.

Ich winkte ihr vom Wohnzimmer aus zu – der Entwurf des Modells nahm bereits den halben Tisch ein –, dann konzentrierte ich mich wieder auf den Bildschirm meines Laptops, wo die Notizen zu dem betreffenden Projekt aufgelistet waren – ich hatte mir vorgenommen, alles aus Bambus zu machen und möglichst nur Naturprodukte zu verwenden.

In den vergangenen Stunden hatte ich mir den Kopf darüber zerbrochen, was die Szene, deren Zeuge ich geworden war, wohl zu bedeuten hatte, und brannte darauf, mit ihr darüber zu reden, aber ich befürchtete, einen von diesen Fauxpas zu begehen, die ein Leben für immer verdüstern, es austrocknen, zerfressen, ich befürchtete, einen Fluchtreflex auszulösen, wenn ich sie in die Enge trieb, und somit jegliche Hoffnung unrettbar zunichtezumachen. Schließlich konnte sie ja treffen, wen sie wollte, konnte sein, wer sie wollte, was sie wollte, das war völlig gleichgültig, also wirklich, absolut gleichgültig.

»Ich hatte vor, mir Bratwürstchen zu machen«, sagte ich. »Willst du auch welche?«

»Bratwürstchen? Das ist aufmerksam von Ihnen, ganz reizend!«

»Ich habe auch Texmex-Chickenwings.«

»In Ordnung. Die Chickenwings sind in Ordnung. Das ist okay für mich.«

Barbecues bei Nacht waren das Schönste auf der Welt – wie Stücke eines zerstörten Planeten namens Paradies, die manchmal auf die Erde fielen und sie mit ihrem Glanz erleuchteten. Man brauchte nur eine gefütterte Trainingsjacke und eine gute Kapuze, schon wurde die Abendfrische angenehm. Der Mond schien, umgeben von einem gedämpften Lichthof.

»Haben Sie sich heute den ganzen Tag mit dem da beschäftigt?«, fragte sie und wies auf das Modell.

Sie wirkte ziemlich betrunken. Ihre Haut glänzte ein wenig.

»Ja, aber das ist nicht meine Stärke. Ich mache es nicht oft genug.«

Das Fleisch brutzelte. Gloria hatte zwei Gläser Wein geholt und den Weg bis zur Küche ohne Zwischenfälle geschafft, dazu beglückwünschte ich sie und deutete mit der Grillzange auf ihre hohen Absätze. »Wo hast du die denn her?«, fragte ich grinsend.

»Gefallen Sie Ihnen?«, antwortete sie prompt und streckte mir ein Bein entgegen, wodurch ihr ohnehin schon kurzer Rock ganz von allein hochrutschte und mir freien Blick auf ihren Slip gewährte.

»Sie sind sehr hübsch«, meinte ich und wandte mich dem Grill zu.

»Oh, Verzeihung! Entschuldigen Sie! Oh, Verzeihung!«, rief sie, als hätte sie fünfzig Liter Milch auf dem Boden ausgeschüttet.

Ich beruhigte sie, beugte mich zur Hollywoodschaukel und strich ihr über die Hand: »Alles in Ordnung, Gloria. Ist doch nicht schlimm. Mach dir darüber keine Sorgen, ich hab's schon vergessen.«

Das war die reine Wahrheit. Ich hatte eine Tonne Erde draufgeschüttet und in Windeseile festgeklopft, und zwar ordentlich. Zum Essen setzten wir uns nach drinnen, denn sie hatte Angst, sich zu erkälten. Es war ungefähr halb zwei Uhr morgens, und ich hatte gerade ein neues Scheit aufs Feuer gelegt, als sie begann, mit der Fernbedienung herumzuspielen. Sie blieb bei einem Pornofilm hängen.

»Den habe ich schon gesehen«, meinte ich nach ein paar Minuten. »Wir sollten schnell aufessen, denn das Ende ist echt ziemlich hart.« Sie kicherte und zielte auf den Bildschirm, um auszuschalten.

»Verweigern Sie sich aus religiösen Gründen?«

☞ Er antwortete nicht, stand auf, nahm die Teller und trug sie in die Küche. Er fragte sich, ob er den Alkoholkonsum der jungen Frau bremsen oder im Gegenteil antreiben sollte, um sie so schnell wie möglich auszuknocken und in voller Montur ins Bett zu bringen, aber er hatte sich noch nicht festgelegt, als sie ihn auf dem Rückweg ins Wohnzimmer abfing und ihm ihre Arme um den Hals schlang, sich an ihn klammerte, als würden sie untergehen, und dann sofort, ohne dass er im Mindesten Zeit gehabt hätte zu reagieren, ihre Beine um seine Taille schlang.

☞ Am Tag darauf erklärte sie, sie würde sich am liebsten in einem Mauseloch verkriechen, weil sie sich so für ihr Verhalten mir gegenüber genierte, das unglaublich, ja absolut beschämend gewesen sei.

»Mach keine so große Geschichte draus«, sagte ich ihr. »Ich fand das eher lustig. Ich bin sicher, dass wir bald darüber lachen werden.«

»Da bin ich mir nicht so sicher. Oh, das macht mich krank, ich habe mich wie eine Schlampe aufgeführt. Zum Glück waren Sie es. Andere hätten das ausgenutzt. Sie haben schon einen verdammt starken Willen.«

»Das kam mir nicht mal in den Sinn, weißt du. Ich rühr doch die Freundin meines Sohns nicht an, das versteht sich doch von selbst.«

»Die frühere Freundin.«

»Ja, klar, nenn es, wie du willst… Aber was soll ich dir sagen… Das kommt nicht in Frage, so ist das!«

Ich strich ihr über die Wange, zwinkerte ihr zu und ging hinaus. Ich wollte nicht länger mit ihr darüber reden. Danach war ich so tief in Gedanken versunken, dass ich am Bahnhof vorbeifuhr, den Ring überquerte und in den totalen Horror geriet, nämlich mit dem Auto in die Stadt fuhr, in diesen schwachsinnigen Staus stand – mit all den anderen Idioten, die wie ich ihre Zeit vergeudeten, auf kleiner Flamme in dieser Hölle der Langeweile schmorten, sich erniedrigten, in frühkindliche Schemata zurückfielen, aber es war zu spät, um sich selbst zu bemitleiden, also schaltete ich das Radio ein. Es war alles derart schlimm, ganz generell, dass auch ein großer Stau irgendwann hinnehmbar schien, verglichen mit dem Leiden in der Welt – die sich in mancherlei Hinsicht zurück zur Barbarei bewegte.

Ich rief Michel an: »Ich sitze fest. Ich lasse mein Auto stehen. Sonst werde ich wahnsinnig. Kannst du mir jemand vorbeischicken? Zum Henker, seit ich von zu Hause los bin, stecke ich in einer Blechlawine, Autos, so weit das Auge reicht! Zum Henker!« Ich war nicht weit weg. Zehn Minuten später war ich zehn Meter vorangekommen – das Problem lag offenbar bei einem Kreisverkehr weiter vorn, der als Nadelöhr bekannt war, von dem sich aber alle unwiderstehlich angezogen fühlten, gleich einem Heer von Zombies.

Ich übergab meine Schlüssel einem Praktikanten aus der Galerie, der den ganzen Weg im Laufschritt zurückgelegt hatte – ich sagte ihm, dass das nicht nötig gewesen wäre, dass im Handschuhfach Taschentücher lägen, wenn er sich die Hände abwischen wolle, bevor er mein Lenkrad anfasste, und zog erleichtert davon, als hätte ich ein Antidepressivum genommen. Als ich zu Hause aufgebrochen war, hatte ich nicht vorgehabt, in der Galerie vorbeizuschauen, und es gab auch keinen konkreten Grund für meinen Besuch, aber als ich nun dennoch hinging, packte Michel gerade die

Exponate für eine Ausstellung über Tattoos in russischen Gefängnissen aus, die für Ende des Jahres geplant war – richtig krasse Typen, diese Russen.

Ich beobachtete sie einen Moment von draußen, Anne, wie sie die Kartons mit dem Cutter aufschnitt, und ihn, wie er sich den Inhalt besah, und beide zusammen, wie sie beeindruckt den Kopf schüttelten, bevor sie sich dem nächsten Foto zuwandten. Michel kauerte auf dem Boden, und Anne ließ eine Hand auf seiner Schulter ruhen. Wenn ich an den Weg zurückdachte, den wir gemeinsam gegangen waren, eine dreißig Jahre lange Reise, erfüllte mich diese Hand mit Zuneigung für die zwei – ich erinnerte mich vor allem daran, wie sie mir geholfen hatten, alle möglichen Schicksalsschläge zu überwinden, wie wir uns stets gegenseitig zur Seite gestanden waren und was für ein phantastisches Bollwerk wir damit um uns aufgebaut hatten.

Danach überkam mich ein anderes Gefühl, nämlich, dass diese Dreiecksbeziehung uns erdrückte, lähmte, blind machte – Julia hatte sich trotz ständiger Vorsichtsmaßnahmen immer ausgeschlossen und gekränkt gefühlt –, dass dieses Trio gar nicht so gut funktionierte, wenn man bedachte, wie extrem kräftezehrend unser Verhältnis letztlich war.

Aber ganz egal, sie waren meine besten Freunde. Ich beobachtete sie noch einen Moment, bevor ich mich bemerkbar machte, während aus der Ferne die Klänge eines Hupkonzerts herüberschwappten. Anne war eine gute Geliebte gewesen, und sie war eine tolle Freundin – ziemlich neurotisch, aber ungemein vertraut. »Gott segne sie!«, sagte ich mir manchmal, wenn ich an sie dachte. Michel war fünf Jahre älter als ich und für mich wie ein Bruder, sozusagen – abgesehen davon, dass ich Mitte der Achtziger recht ausgiebig mit seiner zukünftigen Frau gevögelt hatte. Ich liebte sie alle beide. Niemals hätte ich sie verletzen oder die Hand gegen sie erheben wollen.

Ich dachte über das Bild nach, das wir abgaben, über unsere Lebensweise. In Glorias Augen, aus Alex' Blickwinkel. Dieser Standpunkt interessierte mich. Ich wusste, dass wir bei ihnen kein besonders hohes Ansehen genossen und sie uns für den extremen Egoismus verabscheuten, dessen wir uns in vielen Bereichen schuldig gemacht hatten, aber das hatte mir noch nie so leidgetan wie im vergangenen Jahr, und es schmerzte mich noch mehr, seit Gloria das Gästezimmer bezogen hatte.

Warum war ich plötzlich einem betrunkenen Mädchen in der Metro zu Hilfe geeilt? Was hatte mich da gepackt? Warum war mir dieses Spektakel plötzlich unerträglich gewesen, obwohl es mich bis dahin nie gestört hatte, obwohl es für diese nächtlichen Streifzüge, die mein Leben all diese Jahre ausgefüllt hatten, ein eigentlich eher gewöhnlicher Anblick war? Wie viele Frauen und Mädchen hatte ich spätnachts umkippen sehen, stockbesoffen, total zugedröhnt, auf dem Männerklo oder mitten auf dem Gehweg, wie viele hatte ich an einer Wand hinabgleiten sehen, wie viele hatte ich gehört, die fast so vulgär waren wie Männer und, ohne es zu merken, unzusammenhängend und sabbernd vor sich hinbrabbelten wie geistig Zurückgebliebene? Unmöglich abzuschätzen, aber viele, unheimlich viele, und ich achtete nicht mehr besonders darauf, wenn ich das überhaupt jemals getan hatte. Was war auf einmal mit mir geschehen? Das blieb ein großes Rätsel.

Diese Fragen beschäftigten mich, während ich mit einem Iki in einer Sushibar saß und auf sie wartete, ich machte mir Gedanken über diese kleine Welt, die wir mit äußerster Sorgfalt für uns geschaffen hatten, angefangen bei dieser Bar, in der ich saß, bis hin zu unseren Flugzeugen, unseren Autos, unseren Häusern, unseren Bioprodukten, unseren Kaschmirpullis, unseren Rechnern, unserer Liebe zu gewissen Brands … Eine ganz kleine Welt – blutleer, künstlich, kleinkariert, lachhaft. Die Vorstellung, dafür gewaltige Opfer erbracht zu haben, erschien unbegreiflich, ja hirnrissig.

»Ganz deiner Meinung«, sagte Anne, ohne von der Karte aufzusehen. »Was wäre in einer Welt ohne Medikamente, Drogen und Alkohol aus uns geworden?« Sie schüttelte den Kopf, erschauerte. »Nicht auszudenken«, murmelte sie und las weiter.

Ich war froh, dass ich sie eingeladen hatte, dass wir zusammensaßen. Ich sah sie fast jeden Tag, und dennoch kam es vor, dass ich Lust hatte, sie zu treffen, ich konnte mich immer noch über diese Treffen freuen, und ich wusste nicht, ob die beiden unentbehrlich für mich waren oder nicht, aber ich hatte auch keine Lust, es darauf ankommen zu lassen. Anne musste los, als wir gerade ein Gebäck aus Mungbohnen essen wollten. »Ich finde, sie wirkt ziemlich fit«, sagte ich, als ich sie über den Bürgersteig laufen sah, nachdem sie mir beim Abschied plötzlich den Kopf zugewandt und ihre Lippen auf meine gedrückt hatte.

»Fit, ja, so kann man es sehen«, meinte er und blickte finster drein. »Sie erholt sich gut. Sie geht jetzt sogar regelmäßig laufen.«

»Ich weiß, worauf du hinauswillst.«

»Ist dir klar, dass das Problem in den meisten Fällen innerhalb der Beziehung liegt, und damit sind wir schon mittendrin im Thema.«

»Ja, aber Doktor Golberg …«

»Ach komm, verschon mich mit diesem Vollidioten. Eins kann ich dir garantieren, Marc, bei mir ist alles in Ordnung. Seine verdammten Tests muss ich mir nicht noch mal antun. Ich habe sowieso keine Lust mehr, mir den Schwachsinn von diesem Typen noch länger anzuhören.«

Ich hob abwehrend die Hände, um ihm zu bedeuten, dass ich verstanden hatte. »Ich wusste gar nicht, dass du Arzt bist«, sagte ich und verlangte die Rechnung.

Draußen legte er seine Hand auf meinen Unterarm. Die Sonne schien, und dem Gefühl nach war es noch Herbst, obwohl über den Straßen und in den Schaufenstern schon die Weihnachtsdekoration hing – die immer unansehnlicher und aggressiver geriet und so hässlich war, dass man mit über dem Kopf zusammengeschlagenen Händen zurückschreckte.

»Was meinst du«, fragte er, als wir untergehakt über den sonnigen Bürgersteig spazierten, »ist doch schon lange her, dass wir ohne unsere Frauen ausgegangen sind, nur wir beide, oder nicht, was meinst du?«

»Na klar. Aber natürlich. Das wird uns guttun. Tolle Idee, lass uns das machen. Einen Jungsabend.«

Zu meiner Überraschung blieb er auf dem Bürgersteig stehen und umarmte mich wortlos. Ich konnte mir zwar denken, dass er sich mir nicht nur an den Hals warf, weil ich seine Einladung angenommen hatte, aber obwohl ich eigentlich nicht kapierte, worum es ging, ließ ich seinen Gefühlsausbruch über mich ergehen. Dafür sind Freunde schließlich da.

Dann machte er sich plötzlich los, und wir gingen weiter. Früher wäre so eine Rührseligkeit seinem hemmungslosen Spott ausgesetzt gewesen, und jetzt hätte er um ein Haar mein Hemd durchnässt. War die Welt aus den Fugen geraten? Ich wusste, dass ihn diese Sache mit der Impotenz zutiefst beunruhigte, ja er sogar davon besessen war, und dass er in letzter Zeit ganze Tage damit zugebracht hatte, sich über das Thema zu informieren, den Forschungsstand zu sichten, die neuesten Artikel zu lesen, die überall auf der Welt publiziert worden waren – hin- und hergeworfen zwischen Frustration und Hoffnung, so dass er manchmal mit geröteten Augen vor seinem Bildschirm saß, weil er müde war oder weil er in seiner Einsamkeit geweint hatte, als hätte er Krebs oder schrecklichen Liebeskummer.

Ich schlug ihm vor, mich im Atelier abzuholen, wenn er mit seinen Sachen fertig sei, dann aber stürzte ich mich in die Verarbeitung extrudierter Thermoplastfliesen, die in den Farben, die mich interessierten, nur noch in Deutschland, in der Nähe von Darmstadt, hergestellt wurden, und verlor jegliches Zeitgefühl, so dass es stockdunkel war, als ich aufblickte. Es war schon nach zehn, und Michel hatte kein Lebenszeichen gegeben.

Daraus folgerte ich, dass es ihm nicht so schlecht ging, wie er es mir in den letzten Tagen angedeutet hatte – oder ich es mir vorgestellt hatte –, vor allem, seitdem Doktor Golberg beim Anblick seiner Röntgenbilder mehr oder weniger die Gesichtszüge entgleist waren. Wenn Michel mich vergessen hatte, war das ein gutes Zeichen, wenn ihn plötzlich etwas anderes beschäftigte, war das ebenfalls ein gutes Zeichen. Ich hatte auch keine SMS oder Mail von ihm bekommen. Ich gähnte zufrieden, denn die Lust auszugehen hatte mich nach acht Stunden ununterbrochener Arbeit schlagartig verlassen, und ich sah mich eher mit einem Glas und vielleicht einer dieser bösen Zigaretten in der Hand auf meinem Sofa liegen und einen Film ansehen, als wieder durch die Bars zu ziehen und am nächsten Morgen völlig gerädert und mit einer Migräne den Tag zu stemmen. Ich setzte mich hin und trank eine Flasche Wasser, bevor ich zusammenpackte. Anschließend machte ich ein paar Fotos mit meinem Telefon und schickte sie nach Hause, damit ich sie mit dem Modell abgleichen konnte. Dann sperrte ich ab.

Als ich heimkam, brannte wieder kein Licht. Ich

fragte mich, was für einen Kurzschluss Gloria wohl diesmal ausgelöst haben mochte – vielleicht hatte sie den Toaster mit unter die Dusche genommen? –, doch ich war auf dem Holzweg. Der Strom funktionierte. Aber sie hatte alle Lampen im Haus ausgeschaltet, weil – so behauptete sie – draußen ein Typ herumschlich. »Ja, aber was soll dieses Messer schon wieder?«, sagte ich zu ihr. »Eines Morgens rammst du mir das noch in den Bauch. Ich weiß auch nicht, nimm doch lieber einen Hammer.«

Ich hielt die Hand auf, damit sie mir das Messer gab, und nach langem Zögern willigte sie ein. Ich dankte ihr und räumte es weg. Dann zog ich meine Jacke aus.

»Wollen Sie nicht nachsehen?«, fragte sie mit in die Hüften gestemmten Fäusten und wirkte ehrlich überrascht.

»Ach bitte, Gloria«, seufzte ich, »sei so gut, ich werde nicht die ganze Zeit allem nachlaufen, was sich rund um das Haus bewegt. Wir sind nicht allein, wir haben Nachbarn, wir leben nicht mitten in der Wildnis.« Ich stellte mich vor das große Fenster und beobachtete die unmittelbare Umgebung, allerdings ohne gesteigertes Interesse, denn ich war überzeugt, dass nichts aus einem Strauch hervorschießen würde, dass kein Herumtreiber hinter einem Baum verborgen war, schließlich waren meine

Scheinwerfer über den Garten gestrichen, als ich geparkt hatte, und es war nichts zum Vorschein gekommen, kein Herumtreiber, kein Schatten – und wie ich schon sagte, ich bin ein ziemlich guter Beobachter.

»Als Elisabeth noch da war, hat sie immer alles offen gelassen«, fuhr ich fort. »Tja, so wie die Dinge stehen, habe ich meine Zweifel, ob du sie irgendwann mal kennenlernen wirst, aber sie hätte dir gefallen. Ihr habt Gemeinsamkeiten. Am Anfang fühlte sie sich auch beobachtet und meinte, hinter jedem Strauch säße ein Spanner oder ein Herumtreiber, vor allem, wenn es dunkel wurde, sie war noch schlimmer als du. Glaub mir, das ist wirklich eine Frage der Gewohnheit. Nach ein paar Monaten hat sie gar nicht mehr darauf geachtet. Du kannst davon ausgehen, dass es dir genauso gehen wird.«

»Na hoffentlich dauert es nicht mehr lang.«

»Verlass dich drauf. Außerdem gehen die Bullen Streife. Und solange du noch Angst hast, machst du einfach die Türen zu.«

»Ich werde mir Tränengas kaufen.«

»Na bitte. Sehr gute Idee. Oder Pfefferspray.«

Später, wir schauten gerade Euronews, sah ich, wie sie zusammenzuckte und mit blasser Hand auf den Garten zeigte, der vom spärlichen Mondschein kaum erleuchtet wurde, während sie die andere

Hand vor den Mund schlug, um einen Schrei zu ersticken. Vor Schreck bekleckerte ich mich mit Whisky.

Ich stand auf und ging zum Fenster, während sie sich in ihrem Sessel zusammenkauerte wie ein Häufchen Elend, dann brach ich in schallendes Gelächter aus.

☞ »Alex war sich fast sicher, er sei nicht Ihr Sohn«, verkündete ihm Gloria eines Morgens. »Er dachte, deswegen zeigten Sie so wenig Interesse an ihm.«

Diese Neuigkeit lähmte ihn für den Rest des Tages. Er ließ das Frühstück stehen, das er gerade mit ihr zusammen einnahm, und machte, nur mit einem Pullover über den Schultern, einen langen Spaziergang im angrenzenden Wald. Er spürte die Kälte erst nach einer ganzen Weile. Und kam erst drei Stunden später zurück, blass und völlig durchgefroren. Sie schaute einen Film.

»Was du mir da gerade gesagt hast, ist furchtbar«, sagte er. »Wie konnte er denn auf so was kommen, dass ich nicht sein Vater sei? War er nicht ganz dicht, oder was?«

Sie zuckte mit den Schultern. »Sie haben mich was gefragt, ich habe Ihnen geantwortet. Aber ich kann es Ihnen nicht erklären, beklagen Sie sich nicht bei mir.«

»Was du da sagst, ist furchtbar, furchtbar, *furchtbar.*« Er hielt sich am erstbesten Stuhl fest, den er zu fassen bekam, schloss die Augen und klammerte sich mit aller Kraft an die Lehne. »Sag mal, kriegst du was dafür, wenn du mich ins Grab bringst?«, seufzte er und presste die Hand auf sein Herz.

»Ich kann doch auch nichts dafür. Wenn Sie die Wahrheit wissen wollen ...«

Sofort hob er die Hand, um sie zu unterbrechen: »Wenig Interesse an ihm?«, zischte er mit zusammengekniffenen Augen. »Ich hätte nicht genug Interesse an ihm gezeigt? Was willst du mir damit eigentlich sagen?« Er hatte den Eindruck, dass seine Stimme leicht zitterte, aber Gloria schien es nicht zu bemerken. Er fuhr sich mit der Hand über den Mund.

Also gut, er hatte nicht all diese rührenden Reliquien aufgehoben! Milchzähne, Kritzeleien, Vatertagskärtchen, Tonaschenbecher, Zeugnisse, Gedichte ... Aber musste ein vernunftbegabter Mann so etwas machen, konnte ein vernunftbegabter Mann überhaupt einen guten Vater abgeben?

Erneut fiel ihm auf, wie ungewöhnlich aufmerksam sie ihn beobachtete, seit er ihr drängendes Angebot zum Sex zurückgewiesen hatte – zugegeben, es hatte ihm Spaß gemacht, sich ein bisschen mit diesem jungen Körper zu balgen. Sie sah ihn mit einer Mischung aus Misstrauen und Neugier an, und man konnte sich vorstellen, wie hinter dieser schönen Stirn alle Informationen geordnet und verarbeitet, wie Pläne und Strategien entworfen wurden.

☞ Michel fand, dass Gloria zu hübsch war, um ehrlich zu sein, und Marc dachte, dass er nicht ganz unrecht hatte, aber bei ihm löste das trotzdem nicht das Bedürfnis aus, mehr über sie zu erfahren, etwa herauszufinden, wer sie war und woher sie kam, bevor sie mit Alex zusammengewesen war.

»Nun, ob du's glaubst oder nicht, ich mach das nur für dich«, ließ Michel ihn wissen. »Ob du's glaubst oder nicht, ich behalte sie im Auge. Demnächst lasse ich dir einen Bericht zukommen.«

»Einen Bericht, Michel? Wovon redest du?«

»Von einem Bericht. Weißt du nicht mehr, was ein Bericht ist?«

»Ich weiß sehr wohl, was das ist. Die haben wir damals ja massenhaft verfasst. Berichte hatten wir bis zum Anschlag, kein Zweifel. Aber die Zeit ist vorbei. Wir haben das Heft vor mehr als zwanzig Jahren aus der Hand gegeben, okay?«

»Ich habe immer noch ein paar gute Connections. Ich habe immer noch ein paar gutplatzierte Freunde.«

»Hat dich irgendjemand um irgendetwas gebeten?«

»Ich mache das, um ganz sicherzugehen, das ist alles. Man kann gar nicht vorsichtig genug sein, Marc. Das wissen wir beide doch nur allzu gut. Wir wissen es eigentlich besser als alle anderen, aber in letzter Zeit beunruhigst du mich ein bisschen, du bist mir ein bisschen zu vertrauensselig. So haben wir das nicht gelernt.«

»Also wirklich, ich glaub's nicht. Wie stellst du es an – folgst du ihr, überwachst du sie?«

»Du weißt ganz genau, wie ich es anstelle. Vorbestraft ist sie jedenfalls nicht.«

»Weißt du was? Manchmal frage ich mich, ob du nicht verrückt geworden bist.«

Michel lachte in sich hinein. Er kannte eine Unzahl von Geschichten über Agenten, die sich nicht genügend abgesichert, aus einem übermäßigen Optimismus heraus Fehler begangen oder eine bedauerliche und verwerfliche Naivität an den Tag gelegt hatten – und am Ende Kellner in einer Bar in Buenos Aires wurden oder, noch schlimmer, Schuhputzer in Tanger, um nur die bekanntesten Beispiele zu nennen.

»Wie auch immer, du kannst dich darauf verlassen, dass ich diskret vorgehe«, fuhr Michel fort. »Ich verspreche dir, dass ich keine Spuren hinterlasse, sie wird nichts mitkriegen. Danach können wir beruhigt sein. Ich verstehe gar nicht, wovor du Angst hast. Alter, ich mache das für dich, für mich, für uns. Warum sollen wir auch nur das geringste Risiko eingehen und unsere Sicherheit aufs Spiel setzen, wenn wir das so einfach vermeiden können? Da musst du mich erst mal vom Gegenteil überzeugen.«

Marc griff nach dem Glas, das Michel ihm hinhielt. Er nahm einen großen Schluck und seufzte laut, bevor er Michel zum Teufel jagte.

☞ Anfang Dezember wurde es sehr kalt. Ein leichter Wind fuhr durch die trockene Luft, der Himmel war weiß und hell, das Licht pudrig, als man Gloria eines Morgens am Fluss fand, halbtot, halbnackt, schlammbedeckt – in der Nacht davor hatte es stark geregnet –, bewusstlos.

Zustand: kritisch.

Es war ein regelrechter Fluch – Marc zitterte, wenn er nur daran dachte.

☞ Ein paar Tage vorher, während eines Wochenendes am Atlantik, hatte Anne Gloria mit einer Granate verglichen, die bald in ihren Händen explodieren würde, aber – so fuhr sie fort – sie seien viel zu verblendet, um es zu merken.

Anne war die ganze Fahrt über mit verknautschter Miene dagesessen – wegen eines Katers, zu dem sie sich nicht weiter geäußert hatte –, so dass sie schon bei der Ankunft erschöpft war, sich muffig gab und nicht mit zum Abendessen hinunterging, sondern lieber in ihrem Zimmer schmollte und sich eine Algenpackung mit nachfolgender kalifornischer Massage gönnte, als sich zu ihnen zu gesellen.

Die drei anderen hatten unter der Kuppel gegessen, dann hatte Gloria vorgeschlagen, anstelle des Desserts irgendwo etwas trinken zu gehen, und obwohl das sicherlich der letzte Vorschlag war, den die beiden hätten annehmen sollen, waren sie zunächst einmal begeistert. Immerhin konnte Marc nun mit Gewissheit sagen – was ihn nur bedingt überraschte –, dass er wirklich eine große Liebe für den Alkohol empfand, und insbesondere zu Longdrinks. Das war der Grund, warum er erst viel zu spät eingriff, denn er wollte in aller Ruhe und bis zum letzten Tropfen das halbe Dutzend Gin Tonics genießen und sie mit Bedacht hinunterstürzen, während Gloria und Michel sich auf der Tanzfläche ein bisschen zu sehr verausgabten.

☞ Um ehrlich zu sein und trotz des Nebels, durch den ich die Dinge sah, fand ich, dass Gloria mehr als nur ein bisschen schuld an dem war, was sich bei diesem Kuschelrocksong direkt vor meiner Nase abspielte. Ich sah, wie sie sich zu ihm hinneigte, sich an ihn heranwarf und anschmiegte, ihn mit glühenden Blicken versengte, und ich unternahm nichts, ermahnte sie nicht, obwohl sie nur ein paar Meter von mir entfernt waren. Ich war völlig verblüfft, wie leichtfertig sie mit ihren Versprechungen umzugehen schien, sich meinen Freunden gegenüber gut zu benehmen. Verblüfft darüber, dass sie sich ein zweites Mal an Michel heranmachte, obwohl sie Annes Reaktion kannte und die Komplikationen, die so ein Abenteuer verursachen würde.

Jetzt versuchte Michel natürlich, sie zu umarmen, und das wollte sie nicht. Eigentlich war es zum Lachen. Wie hätte es anders sein können? Wie wunderbar doch eine so sinnlose Logik funktionierte.

Dennoch stand ich auf und drängte mich, so gut es ging, dazwischen, und schließlich ließ er sie los und rückte lachend von ihr ab: »He, keine Panik. Alles in Ordnung«, meinte er.

Bei dieser Gelegenheit machte sich Gloria genervt aus dem Staub. »Ihr könnt mich mal, alle beide, ihr könnt mich echt mal!«, rief sie uns zu, bevor sie abrauschte. Na danke, ich war begeistert, wie sich das plötzlich entwickelte. Ich war begeistert, dass ich zur Hölle fahren sollte, obwohl ich nichts mit dem Konflikt der beiden zu tun hatte, ich war begeistert von der Ungerechtigkeit mir gegenüber, mich mit Michel über einen Kamm zu scheren. Sie jagte mich zum Teufel. Sie hätte meine Tochter sein können – aber ihren Respekt verdiente ich offensichtlich nicht.

Ich zerrte Michel an einen Tisch und bestellte zwei Drinks. »Jetzt hör mir mal ganz genau zu. Hör auf damit, hör auf, mit Gloria dieses Spiel zu spielen. Sofort. Spiel nicht mehr mit. Halt dich zurück.«

»Was denn, hast du sie gesehen? Und ich soll mich zurückhalten? Also echt, das ist doch krank. So eine verdammte kleine *bitch*.«

»Pass auf, was du sagst, Michel. Ich hab's dir schon erklärt, sie gehört jetzt zu meiner Familie.«

»Dann musst du aber mal ein Wörtchen mit ihr reden. Du musst da ein paar Dinge geraderücken, verstehst du? Versetz dich mal in meine Lage.«

»Ich weiß. Du hast dich wacker gehalten. Bis jetzt hast du dich wacker gehalten.« Ich wandte mich ab, um im Dunkeln zwei Lines vorzubereiten – meine Hand zitterte etwas, aber ich schaffte es. Wir zogen sie sofort. »Und du sagst mir, ich sei nicht vorsichtig genug?«, meinte ich. »Du glaubst, du könntest mir da kluge Ratschläge erteilen? Das finde ich ganz schön gewagt von dir. Und ich dachte, ich sei derjenige, der aufpassen müsste.«

Ich zündete mir eine Zigarette an, aber eine

junge Frau im Zofenlook stürzte auf mich zu und wies heftig kopfschüttelnd auf das Verbotsschild. »Na gut, dann gehen wir eben raus«, erklärte ich und erhob mich schwerfällig, aber ohne den Tisch umzuwerfen.

Ich hatte vergessen, dass wir an der Atlantikküste waren. Ich setzte mich auf ein Mäuerchen hoch über dem Strand und genoss die frische Luft – wobei der Gedanke, dass etwas so Wunderbares und Feines frei und kostenlos verfügbar war, mir gleichsam vor Erstaunen und Freude die Tränen in die Augen trieb.

Ich nickte Michel zu, um ihm zu bedeuten, dass alles in Ordnung sei und er ins Hotel gehen konnte, ohne sich weiter um mich zu scheren, aber er ließ sich neben mir nieder und umsorgte mich freundlich, bis ich ihm sagte, dass ich aufstehen wollte – und zwar schon seit einer Weile, aber meine Versuche waren vergeblich gewesen – und er mir gleichmütig seine Hilfe anbot.

»Sag einfach, wenn du loswillst«, meinte er. Ich gab das Signal zum Aufbruch, und wir gingen die lange, schimmernde Küstenstraße hoch – gepresster, mit Beton umhüllter Glimmer –, die an den Kreidefelsen entlangführte – ich hing vornübergebeugt an seinem Arm, als bewegten wir uns mitten durch einen Sturm, dabei wehte nur ein leichter, recht salziger Wind, der nicht einmal ein abgefallenes Blatt hochwirbelte, das schwarz und schwer und vermutlich mit Wasser vollgesogen war.

Über der Rezeption, an der normalerweise der Concierge saß, hing ein riesiger ausgestopfter Hirschkopf. In der Eingangshalle thronte ein gigantischer Tiger, ein paar Uhus zierten die Bibliothek. »Schauen wir mal, ob die Bar offen ist«, sagte ich.

Ich fand mich im Aufzug wieder – den ich nicht gleich als solchen wahrnahm, bis ein Glöckchen läutete und sich die Tür auf den parfümierten Gang hin öffnete, der zu unseren Zimmern führte. Michel legte sich meinen Arm um die Schultern und führte mich bis zu meinem Quartier, ohne auf meine Klagen, Beschwerden und Proteste zu achten.

Nachdem er mir aus meiner Jacke geholfen hatte, legte er mich ins Bett und zog mir die Schuhe aus. Es wurde immer schwieriger, ohne Stimmungsaufheller durchzuhalten, also wartete ich nur, bis er draußen war, um dann aufzustehen und geradewegs zur Minibar zu stürzen. Ich ließ mich vor ihr auf den Boden fallen und erleichterte sie um alles Hochprozentige.

Das war dringend nötig gewesen, denn ich schlief extrem schlecht, seit ich erfahren hatte, dass mein Sohn glaubte, ich wäre nicht sein Vater gewesen – dann nahm ich all meine Kräfte zusammen und schlüpfte unter die Dusche, um mich so richtig zu übergeben, ohne auf meiner Kleidung oder sonst wo allzu große Spuren zu hinterlassen und an Ort und Stelle zu sein, wenn ich mich von meinen Schandtaten reinwaschen musste.

Unter dem eiskalten Wasser kam ich langsam wieder zu mir und bemerkte zähneklappernd, dass ich die Mischbatterie auf Blau gestellt hatte. Mit zitternden Fingern drehte ich auf Rot, brüllte los, weil ich mich verbrühte, sprang aus der Kabine und ging auf dem Badvorleger zu Boden. Dort blieb ich eine Weile liegen, zusammengekrümmt und kraftlos. Dann stand ich auf, zog einen Bademantel und wegwerfbare Schlappen an und ließ mich wie ein nasser Sack auf mein Bett fallen. Die Decke war hoch, und ich hörte das Gebläse der Klimaanlage wie von fern – wenn es nicht das Rauschen des Atlantiks oder ein Föhn am anderen Ende des Hotels oder weiß Gott was war.

Schließlich begriff ich, dass das Zimmertelefon vibrierte, und ich fand es zusammen mit dem Wecker unter den Kissen.

Gloria war dran. Sie wollte wissen, ob ich kommen und Michel erklären könne, dass es zwei Uhr morgens sei und sie schlafen wolle.

»Verflucht noch mal, was ist eigentlich los?«, fragte ich und verzog das Gesicht, denn das Kommunizieren bereitete mir körperliche Schmerzen, ich hörte wieder die Stimmen der anderen und meine eigene oder was das auch für ein Ton sein mochte.

»Er steht vor meiner Tür«, antwortete sie.

Ich war absolut unfähig, auch nur das Geringste zu unternehmen – mich auf den Bauch zu rollen bedeutete eine unglaubliche Anstrengung, danach blieb ich einen Moment bewegungslos liegen und grübelte mit der Nase in der Daunendecke über den Komfort dieser neuen Position, und schon der Gedanke ans Aufstehen war mir unerträglich.

Dennoch ließ ich mich auf den Bettvorleger gleiten und zog mich dann an den Laken hoch, um wieder auf die Beine zu kommen. Anders als Michel glaubte, hatte ich nicht alles vergessen, was man uns beigebracht hatte, und wenn auch meine Beobachtungsgabe sicherlich nicht mehr so scharf war wie früher, meine Reaktionszeit sich verlängert hatte und ich mich an die paar Schlagtechniken, die man mir beigebracht hatte, nur noch so schwammig erinnerte, dass sie bestimmt wirkungslos waren, wusste ich noch, was es zu tun galt, um die Lage wieder in den Griff zu bekommen, und so durchwühlte ich hektisch meine Hosentaschen, um noch Stoff für ein oder zwei Lines hervorzuholen.

Danach rieb ich mir das Zeug aufs Zahnfleisch und ging raus auf den Gang.

Wie befürchtet, war er inzwischen völlig betrunken, stand vor Glorias Tür und wummerte schlaff dagegen. Ein Riesenglück, dass er und ich in unseren Rauschphasen so zeitversetzt waren, dass ich gerade wieder Land sah, während er allmählich zusammenbrach – er lehnte mit der Stirn an der Tür und schien sie wie ein Strebebogen zu stützen.

Ich verstand nicht, was er vor sich hin murmelte, aber er blickte auf, als ich Aspirin kauend näher kam – ich sah bestimmt schrecklich aus, denn es waren Brausetabletten und ich hatte kein Wasser und spürte, dass ich anfing zu sabbern und sich auf meinen Lippen bitterer Schaum bildete.

Ich hatte mir ein paar beruhigende Worte zurechtgelegt, um nun umgekehrt ihn auf sein Zimmer zu lotsen, aber unter diesen Umständen brachte ich kein Wort hervor. Ich sah aus, als hätte ich Tollwut, stellte ich später im Badezimmer fest, nachdem ich ihn auf seinem Bett liegen gelassen hatte und losgerannt war, um mir den Mund auszuspülen – und mir erneut das Gesicht zu erfrischen.

Dann horchte ich an der Tür zum Zimmer nebenan, um sicherzugehen, dass Anne nicht aufgewacht war. Es schien alles in Ordnung zu sein. Michel schlief schon tief und fest. Ich schob ihn in die Mitte des Betts, und als ich aufblickte, sah ich, wie der Mond durch die Bäume schien.

Auf dem Rückweg klopfte ich bei Gloria. »Nein, ich komme nicht rein, aber nett von dir. Er schläft. Wir sehen uns morgen. Ich bin gleich nebenan, wenn irgendetwas sein sollte. Schlaf gut. Ich werd's auch versuchen.«

Ich setzte mich einen Moment an mein Zimmerfenster und füllte ein paar Seiten eines Skizzenbuchs mit der Küstenlandschaft vor mir. Ich reduzierte sie auf einige wenige Striche, auf einige mehr oder weniger dunkle und einige mehr oder weniger helle Ausschnitte, die insgesamt eine überraschend harmonische Zusammenstellung ergaben, von der ich mir einen Eindruck bewahren wollte, bevor sich das Bild verlor.

Eine halbe Stunde später ließ ich alles auf dem Tisch liegen, ich war erschöpft, teilweise trunken vor Müdigkeit, vor Schlafmangel usw. und schaffte es mit letzter Kraft in mein Bett, als plötzlich jemand dreimal kurz und heftig an meine Tür klopfte.

Ich wartete atemlos, ob es noch mal losging oder ob ich bloß geträumt hatte. Wieder drei kurze Schläge. Ich stellte mich tot. Aber dann machte ich doch auf, und vor mir stand Anne, die den gleichen Bademantel trug wie ich.

»Ich wollte eine Zigarette mit dir rauchen«, erklärte sie, während ich auf dem Absatz kehrtmachte und wieder zum Bett zurückging.

»Aber Baby, es ist drei Uhr durch«, stöhnte ich. »Ich bin total am Ende. Außerdem wirst du das Zimmer einrauchen.«

Sie zündete sich eine an, während ich mich rückwärts aufs Bett fallen ließ.

»Michel ist so verschlossen in letzter Zeit, findest du nicht?«

»Anne«, brachte ich kopfschüttelnd hervor, »meinst du wirklich, dass *jetzt* der richtige Zeitpunkt ist, um darüber zu reden?«

Sie schnappte sich einen Aschenbecher und stellte ihn zwischen uns, nachdem sie sich aufs Bett gesetzt hatte.

»Er ist auch nicht mehr ganz jung. Vielleicht liegt es daran. So was wie Wechseljahre bei Männern.«

Wider Willen musste ich kurz lachen. Sie blies mir den Rauch ins Gesicht. »Gloria hat ihm übel mitgespielt neulich«, fuhr sie fort. »Sie hat ihn auf junge Mädchen angespitzt. Sie hat ihm suggeriert, er sei noch begehrenswert.«

Ich streckte die Hand nach ihrer Zigarette aus und nahm einen Zug. »Wie jetzt: Sich begehrenswert fühlen schadet Ihrer Gesundheit?«, fragte ich, bevor ich eine elfenbeinfarbene Rauchfontäne an die Zimmerdecke sandte.

Als ich sah, dass ihre Wangen sich verfärbten, bereute ich augenblicklich, was ich gesagt hatte, und versicherte ihr wieder einmal, was sie natürlich längst wusste, nämlich dass unser Fall eine Ausnahme darstelle und wir angesichts unseres damaligen Abenteuers die einzig richtige, kluge Entscheidung getroffen hatten, an die wir immer noch gebunden seien: ruhig bleiben. Standhaft bleiben. Dem Schicksal trotzen.

»Und das fällt dir leicht.«

»Das fällt mir überhaupt nicht leicht. Elisabeth ist seit Monaten von der Bildfläche verschwunden. Mir fällt das genauso schwer wie dir, keine Frage. Aber wir beide haben diese Abmachung getroffen, und wir müssen uns daran halten. Und ich glaube, dass das die Art von Verzicht ist, an der wir wachsen können.«

»Mein Gott! Glaubst du etwa, ich weiß nicht, dass du neulich abends mit einer Frau abgezogen bist?«

»Also echt, ich weiß nicht mal, wovon du redest, und das tut hier auch nichts zur Sache. Mit dir ist das sowieso was anderes. Du bist keine Frau, die ich auf einer Party aufgegabelt habe. Du bist Anne. Du bist die Frau meines besten Freunds, den wir beide lieben und nicht verletzen wollen, oder? Wir müssen uns Grenzen setzen. Wir müssen eine Linie ziehen, die wir nicht überschreiten – sonst verlieren wir sämtliche Würde.«

»Marc, du bist der größte Lügenbaron der ganzen Stadt«, sagte sie und drückte ihre Zigarette aus. »Ich kenne nur noch zwei oder drei andere Männer wie dich. Ihr seid erstaunlich. Wusstest du übrigens, dass im Internet gerade eine richtige Diskussion läuft – gehe ich fremd, wenn ich jemandem einen blase? Also, die Antwort ist ein klares Nein. Für die allermeisten. Ich finde es gut, dass du das mal mitkriegst. Ist doch gut, dass dir das bewusst wird, oder?«

»Die Leute wollen sich einen Spielraum bewahren. Der Mensch ist eine interessante Spezies, geradezu perfekt geeignet für das Leben in Gesellschaft. Natürlich gehe ich fremd, wenn ich das tue. Selbstverständlich gehe ich fremd, aber auch nicht mehr als mit gewissen Berührungen oder Blicken, die noch viel schlimmer sein können.«

»Wie ich sehe, hast du beschlossen, mich in den Wahnsinn zu treiben. Eins kann ich dir sagen: Dass du mir etwas verweigerst, was du der ersten dahergelaufenen *bitch* zugestehst, läuft mir richtig gut rein, ich bin begeistert. Tausend Dank. Wirklich. Danke.«

»Also komm, wir hätten nie gedacht, so zu werden, wie wir heute sind. Versuchen wir bitte, nicht noch tiefer zu sinken, das ist doch das mindeste. Wenn es um dich geht, muss ich nicht lange in meinem Gedächtnis kramen. Ich trage dich immer noch im Herzen, da kann ich dich beruhigen. Deshalb quälen wir uns nicht länger, hören wir endlich auf, uns immer tiefere Wunden zuzufügen, wenn es dir nichts ausmacht. Wir dürfen nicht, Schluss, aus, Ende. Aber nur, damit du es weißt, falls du es tatsächlich nicht wissen solltest: Lass dir mal gesagt sein, dass auch ich meinen Anteil kalte Duschen abgekriegt habe und mindestens genauso viel in Sachen Onanie.«

Sie beugte sich vor und küsste mich auf die Stirn. »Schlaf gut«, sagte sie. »Versuchen wir, uns nicht weh zu tun. Danke für die Zigarette.«

»Du bist immer noch superscharf, Baby. Danke für deinen Besuch«, sagte ich und streichelte ihr durch den Frotteestoff den Hintern.

☞ »Sie will unsere Freundschaft zerstören«, erklärte Anne ganz gelassen, während sie die Färbung ihres Tees begutachtete. »Mit voller Absicht, meine ich. Kapiert ihr das immer noch nicht?«

Er hatte gerade eine kurze, aber unerfreuliche Aussprache mit Michel gehabt, bei der es um sein Verhalten am Tag zuvor gegangen war, und begnügte sich damit, die Schultern zu zucken. Er war noch so durcheinander von ihrem Streit, dass er kaum darauf achtete, was Anne meinte und was das hieß, wie klar diese Aussage war – die er tatsächlich bereits registriert und als möglich erachtet hatte, aber deren Stichhaltigkeit er vergessen hatte, und die schließlich in den Tiefen seines Gedächtnisses verschüttgegangen war, so dass er sie letztlich nicht mehr wahrnahm.

Michel und er wären fast körperlich aneinandergeraten, so abwegig dieser Gedanke auch erscheinen mochte, aber es hatte einen Moment gegeben, in dem es auf Messers Schneide gestanden hatte, in dem alles hätte passieren können – und dieser Tatsache war er sich schmerzlich bewusst.

Das war noch nie vorgekommen. Einen so krassen Bruch hatten sie noch nie erlebt – davon waren sie immer weit entfernt gewesen, was auch immer die anderen denken mochten. Und jetzt sah es plötzlich so aus, als würden sie sich wegen dieses Mädchens keilen wie die wilden Tiere. Und das war so erbärmlich, dachte er, so weit unter dem Niveau, das man von zivilisierten Geschöpfen erwarten konnte, so unendlich trostlos.

Ihr Gespräch hatte im Aufzug stattgefunden, so dass die Versuchung groß war, die Enge dieses ganz in Samt und Spiegeln gehaltenen Raums anzuführen, um die Explosion der Spannungen, die Eskalation der Gereiztheit zu erklären, deren Schauplatz die Kabine über einige Etagen gewesen war.

Gloria war ein allzu heikles Thema, damit musste man sich abfinden. Er dachte eine Weile über diese andere Seite nach, die sie an sich selbst entdeckt hatten, und verspürte danach ein Gefühl noch größerer Einsamkeit und gähnender Leere. Der bleierne Himmel über dem Ozean war von blassrosa Streifen durchzogen. Er bedauerte, wie sich die Dinge entwickelten und auch wie Trauer, Frustration und all die Auflösungserscheinungen um sich griffen.

Den Frauen erzählten sie nichts von dem harten Wortwechsel zwischen ihnen, und bis zum Abend gingen sie sich aus dem Weg. Am Nachmittag waren sie sich ungewollt in der Umkleide des Swimmingpools begegnet, aber sie hatten eisern geschwiegen, obwohl sie so voreinander standen, wie Gott sie geschaffen hatte – einer stolzer, starrköpfiger und verletzter als der andere.

Früher hätten sie sich mit ihren Badetüchern auf den Hintern geklapst, ihre Seifen getauscht, sich ihre intimsten Sorgen anvertraut, aber davon konnte keine Rede mehr sein. Sie hatten nicht mehr miteinander gesprochen, seit sie mit finsterer Miene und zusammengebissenen Zähnen aus dem Lift getreten waren.

Niemand ließ sich gern als egozentrischer alter Sack oder als konservativer Scheißspießer beschimpfen – jeder der beiden hatte den anderen ausgiebig mit Dreck beworfen –, aber als sie abends bei Tisch saßen, ließen sie sich nichts anmerken und bemühten sich mit jener vollendeten Kunst der Inszenierung und der Täuschung, die einst ihr größter Trumpf gewesen war, die Frauen zu täuschen.

Es war schon sehr spät, als sie an der Bar kurz mit einem Pärchen sprachen, er war um die dreißig und kahlrasiert, und seine Frau eine magersüchtige Dunkelhaarige, die an dieses Model erinnerte, das viel von sich reden gemacht hatte, mit Armen und Beinen so dünn wie Streichhölzer.

Gloria fand sie sofort sympathisch. Und zwar so sehr, dass sie an ihrem Tisch weitertrank, bei jeder Gelegenheit losprustete, schallend lachte und plötzlich quietschvergnügt war. Konnte sie denn niemals Ruhe geben? Marc hatte persönlich nichts dagegen, dass sie sich ein bisschen amüsierte, und meinte damit auch die sexuelle Komponente des Amüsements, das war ihm egal, diese Seite von Glorias Leben interessierte ihn nicht, in seinen Augen existierte sie gar nicht.

Michel schien da anderer Meinung zu sein. Er schätzte es nicht, dass sie anstatt mit ihnen lieber mit den beiden anderen zusammen war, und rutschte auf seinem Sitz herum, als säße er auf einem Ameisenhaufen. »Ich finde das uns gegenüber wahnsinnig unhöflich«, erklärte er.

»Die am anderen Tisch sehen viel amüsanter aus«, sagte Anne. »Ich kann sie gut verstehen.«

»Darum geht's doch gar nicht. Und dir«, sagte er zu Marc, »macht das auch nichts aus? Unternimmst du nichts?«

»Ich verspüre keine autoritären Anwandlungen heute Abend«, seufzte Marc. »Tut mir leid.«

Da Michel offensichtlich stinksauer war, orderte er Erfrischungen mit viel Tanqueray, die gebracht wurden, als Gloria und ihre beiden neuen Gefährten gerade aufstanden und zur Tür schlenderten, nicht ohne ihnen zuzulächeln und zum Abschied freundschaftlich zu winken.

Michel richtete sich in seinem Sessel auf, dann ließ er sich wieder zurückfallen.

»Das glaub ich nicht«, gluckste er höhnisch und sah Marc direkt in die Augen. »Das glaub ich nicht.«

»Worauf spielst du an?«, erkundigte sich Anne.

»Halt dich da raus, bitte«, antwortete er, ohne den Blick von Marc abzuwenden. »Ich glaub das einfach nicht, hörst du?«

»Entschuldige mal«, fing sie wieder an, »aber ich glaube, ich habe ein Recht darauf, zu wissen, worum es geht. Das ist eine Frage der Höflichkeit, wie du vorher so schön gesagt hast.«

Ruckartig drehte er sich zu ihr um und war einen Moment wie gelähmt. »Was?« Er riss sich zusammen. »Sie lässt uns hier sitzen, als wären wir die letzten Idioten, und ihr schert euch einen Dreck? Dann ist ja alles wunderbar. Aber es geht doch ums Gesamtbild. Es ist nicht nur dies und das, und dann noch das. Es gehört alles zusammen.«

Er trank sein Glas aus, stand auf und ging zögernd zur Tür.

Nun wandte sich Anne Marc zu. »Lässt er uns hier sitzen wie die letzten Idioten?«

Am nächsten Tag vergiftete ein dunkler Knutschfleck am Hals von Gloria die Atmosphäre, und so blieb es die ganze Rückfahrt über.

Er konnte froh sein, dass Anne mitreiste und dass er ein geräumiges Auto mit der neuesten Technik besaß, das sich völlig mühelos fahren ließ und leise schnurrte. Denn Gloria schlief, und Michel verschanzte sich hinter einem hartnäckigen Schweigen.

»Zum Glück bist du dabei«, sagte er zu ihr, als sie in der blauschwarzen Nacht mit Kaffee von der Tankstelle zurückkam. »Das sind mir ja schöne Reisegefährten.« Der Kaffee war wie immer nicht besonders und viel zu heiß.

In der Morgendämmerung setzte er sie zu Hause ab. Michel stieg wortlos aus und entlud den Kofferraum, während Anne sich zu Marc hinüberbeugte und das Halbdunkel nutzte, um ein bisschen mit ihm herumzuknutschen – ohne dass er darin einen nennenswerten Verstoß gegen ihre leidige Abmachung sah. Sich einen blasen zu lassen kompromittierte ihn seiner Meinung nach viel mehr und verstieß ziemlich sicher gegen die Benimmregeln, die sie sich auferlegt hatten. Aber so weit war es noch nicht, sie gaben nicht nach, widerstanden allen Versuchungen, auch wenn er diese Vorschriften manchmal für blödsinnig hielt, denn das Leben war kurz.

Schließlich parkte er vor dem Haus und weckte Gloria – nachdem er den Motor abgestellt, auf seiner Seite die Wagentür geöffnet und einen Fuß nach draußen gesetzt hatte, um der Stille zu lauschen, dem Schrei der Raben, dem eines jungen Kuckucks, dem Quietschen eines Wetterhahns, dem Rauschen der verrinnenden Zeit, und nachdem er sein Gesicht einer morgendlichen Liebkosung überlassen hatte, dem ersten Duft, dem ersten warmen Lüftchen. Schon drang die Sonne durch das blassgelbe Dickicht und zitterte mit dem glitzernden Tau auf den Grashalmen – er verabscheute englischen Rasen –, deren Spitzen fast an eine dünne, auf Kniehöhe schwebende Nebelschwade rührten.

Céleste, eine etwa fünfzigjährige, bodenständige Frau, die sich zweimal in der Woche um den Haushalt kümmerte – er machte nicht mehr viel Dreck, seit Elisabeth auf Abstand gegangen war –, hatte seinen Anweisungen gemäß den Kühlschrank aufgefüllt, und nun briet er sich Spiegeleier mit Speck, setzte die Kaffeemaschine in Gang und röstete ein paar Scheiben extra haltbares Biotoastbrot.

»Kann ich mitessen?«, fragte Gloria.

»Selbstverständlich«, antwortete er. »Wer kann schon dem Duft von Eiern mit Speck widerstehen. Setz dich. Hast du diese unglaubliche Ruhe auf dich wirken lassen? Das ist doch Balsam für die Seele. Und schau mal auf diese Seite, da sieht man nichts, kein Haus, keinerlei Einwirkung von Menschenhand, das ist wunderbar. Alex mochte das auch, da kannst du sagen, was du willst, ich weiß, dass er die Natur und Holzfällerhemden mochte und dass ein ganz normales Paar Timberlands reichten, um ihn glücklich zu machen. Ich hatte natürlich nicht denselben Klamottengeschmack, aber es gab eine ganze Menge Dinge, bei denen wir auf derselben Wellenlänge waren.«

»Diese Ammenmärchen können Sie sonst wem erzählen, aber nicht mir. Sie waren nie da.«

»Ich bin viel ausgegangen, aber ich war da. Ich hoffe, du bemerkst den feinen Unterschied. Ich war fünf Jahre lang alleinerziehender Vater. Das ist mir nicht immer leichtgefallen.«

»Dass ich nicht lache. Versuchen Sie bloß nicht, sich rauszuwinden.«

»Also gut, ich war nicht da, ich war abwesend. Aber wie hätte ich das damals merken sollen? Muss man immer alles voraussehen?«

»Achtung, meine Spiegeleier«, meinte sie und machte eine Kopfbewegung in Richtung Bratpfanne.

Er nahm sie vom Feuer. Eine Sekunde länger, und alles wäre verbrannt gewesen.

Sie setzten sich ins Wohnzimmer, das schon von den zarten Farben der Morgendämmerung durchflutet war – der Winter stand vor der Tür. Von Ende Herbst bis zum Frühlingsanfang hatte er einmal ein Fuchspärchen, das auf der Suche nach Nahrung in die Stadt heruntergekommen war, mit einer Mischung aus Trockenfutter für Hunde und Hühnerbouillon gefüttert.

»Sie werden nicht mehr lang auf sich warten lassen. Sobald es noch ein bisschen kälter wird. Da wirst du sie sehen. Wie sie vor dem Fenster hin und her streifen. Das Trockenfutter steht bereit.«

Beide aßen schweigend. Dann streckte sie sich.

»Nicht zu fassen, dass er so eingeschnappt war. Ich kann's echt nicht glauben.«

»Ich habe dir schon gesagt, manche Dinge sind ihm sehr wichtig. Das ist sein gutes Recht. Außerdem hat er mit gewissen Männerproblemen zu kämpfen, die ihn in einem schlechteren Licht dastehen lassen, als er es verdient. Oh, heute kann ich ja darüber sprechen, ich war jahrelang seinem Kommando unterstellt, wir haben zusammen eine ganze Menge Missionen ausgeführt, und nie, hörst du, nicht einmal habe ich es erlebt, dass er die Beherrschung verloren hätte, nicht einmal habe ich ihn unüberlegt handeln sehen. Ich muss dir gestehen, dass ich ihn fast nicht wiedererkenne. Aber was, wenn nicht Freundschaft, lehrt uns Nachsicht und Geduld?« Er schwenkte einen Rest Kaffee in seiner Tasse und trank ihn in einem Zug aus. »Aber du musst zugeben«, fuhr er fort, »dass du wirklich alles drangesetzt hast, um ihn zu provozieren. Es gibt nur wenige Männer, die deinen Reizen auf Dauer widerstehen könnten. Mach dir das klar. Wenn du vor seiner Nase die Hüllen fallen lässt, brauchst du dann nicht zu mir zu kommen, weil er dich so komisch anschaut, um es mit deinen eigenen Worten zu sagen. Einverstanden? Kriegst du das hin?«

☞ Sie sei so heftig geschlagen worden, dass sie kaum wiederzuerkennen sei, sagte man mir, und auch noch, dass sie im Koma liege. Ich wollte sie sehen, aber man ließ mich nicht in ihr Zimmer. Ich stieß den jungen Polizisten vor der Tür zur Seite und verschaffte mir Zugang, um auf das grauenvollste Spektakel zu stoßen, das ich in meinem Leben gesehen hatte: ein Gesicht, derart geschwollen und zugerichtet, dass ich überhaupt nicht reagierte, als man mich mit einem Hebelgriff hinterrücks überwältigte – und mir dann zwei Ohrfeigen versetzte, damit ich wieder Luft bekam.

Ich stolperte rücklings aus dem Krankenhaus und spürte ganz deutlich, dass mein Herz nicht regelmäßig schlug. In der näheren Umgebung eine Bar zu finden, erwies sich als schwierig. Ich beendete meine Suche im Laufschritt und belohnte mich mit einem doppelten Brandy. Auf der Toilette hing ich über dem Waschbecken, meine graue, vom Entsetzen gezeichnete Miene sah furchterregend aus. Ich spritzte mir kaltes Wasser ins Gesicht und schneuzte mich mehrmals.

☞ Gloria wurde seit drei Tagen vermisst. Achtundvierzig Stunden nach der Rückkehr von ihrem Wochenende an der Atlantikküste war sie Kleinholz holen gegangen, um ein Feuer zu machen, gerade als Marc aus dem Haus wollte, weil er von der Party eines Modedesigners gehört hatte, der Anfang der nuller Jahre mit dem Prix Vogue ausgezeichnet worden war – und der bei ihm eine der vierzehn Stationen des Kreuzwegs gekauft hatte, die aus einem Kunstharz gemacht waren, das seinen Informationen nach sehr schlecht alterte. Er wollte die Gelegenheit nutzen, um diese bedauerliche Angelegenheit zu klären, als ihm plötzlich die Idee kam, Gloria vorzuschlagen, zusammen auszugehen, da sie sich jetzt besser kannten und keine Gefahr bestand, dass einer dem anderen irgendetwas aufzwang. Er ging runter ins Wohnzimmer und dachte, sie säße vor einem Feuer oder bliese auf das fünfzigste Blatt Zeitungspapier, ohne wirklich etwas zu erreichen, aber anscheinend war sie noch nicht zurück.

Er schob die Terrassentür auf und setzte einen Fuß nach draußen. Um diese Zeit begann es zu dämmern. Seine Augen suchten die Umgebung ab, aber es war niemand zu sehen. Er rief nach ihr. Einmal. Zweimal. Nichts. Er ging wieder hinein. Er machte den Fernseher an und zappte sich durchs Programm, aber er war mit seinen Gedanken woanders. Er beschloss, sie anzurufen, aber ihr Telefon klingelte und vibrierte und blinkte auf dem Couchtisch. Draußen schien es von Minute zu Minute dunkler zu werden. Er kehrte in die Küche zurück und schnappte sich die Taschenlampe. Er schlüpfte in eine Jacke, ging hinaus und fing an, die Gegend zu durchstreifen, das ganze Gebiet systematisch abzusuchen, wobei er allerdings die Nachbargrundstücke mied, aus denen jederzeit ein Gewehrschuss kommen oder eine dieser bösartigen, zähnefletschenden Bestien hervorspringen konnte, und so lief er eine Stunde lang herum, ohne zu verstehen, wo sie abgeblieben war.

Als er die Suche einstellte, war es stockfinster. Er ging hinein und saß noch eine Stunde lang bewegungslos da, mit seinem Telefon in der Hand. Dann rief er die Polizei an und meldete Gloria als vermisst, wobei er sie als seine Schwiegertochter bezeichnete. Man riet ihm, fürs Erste zu Hause zu bleiben, falls sich die junge Frau irgendwie meldete.

Bei Tagesanbruch ging er zu Michel, der schon auf den Beinen war und ihm erklärte, dass er wegen gewisser Ärgernisse seit einigen Tagen unter Schlaflosigkeit leide, aber er schnitt ihm das Wort ab und erklärte ihm, was passiert war.

Michel blieb einen Moment der Mund offen stehen. Dann nahm er seine Jacke und wollte sich augenblicklich auf die Suche nach ihr machen. »Beruhige dich«, bat ihn Marc und drückte ihn auf einen Stuhl. »Blinder Aktionismus bringt uns nicht weiter.«

»Du meinst also, dass sie über Nacht draußen war, bei der Kälte?«

Marc nickte. Eben das meinte er. Der Sommer lag weit zurück. Die lauen Nächte waren nur noch eine vage Erinnerung. Die Dezembernächte waren hingegen lang, feucht und kalt. Und selbst wenn man ein unerschütterlicher Optimist war, konnte man sich langsam berechtigte Sorgen machen und die Sache sehr ernst nehmen, wenn eine junge Frau um die Weihnachtszeit, beim ersten Frost, die ganze Nacht wegblieb. Genau das meinte er.

☞ Als der Tag zu Ende ging, gab es nichts Neues, wir wussten überhaupt nichts. Ich hatte Michel und Anne halb benommen zurückgelassen und war direkt ins Atelier gefahren, weil ich dachte, arbeiten sei noch das Beste, was ich machen konnte, aber auch dadurch bekam ich den Kopf nicht frei, und fast hätte ich mich noch mit einem Schraubenzieher verletzt, weil ich absolut nicht bei der Sache war. Ich ging nicht ans Telefon, schaute aber, wer anrief, in der Hoffnung, dass sich die Polizei endlich bei mir melden würde, aber meistens war es Michel – ich schickte ihm einfach dasselbe Wort zurück: *nada.* Ich war äußerst besorgt. Ich hatte einen fürchterlichen Kloß im Magen, und mir war leicht übel.

Ich brach früh auf, umfuhr das vom Infarkt bedrohte Zentrum und stieß vor meiner Tür auf zwei Inspektoren, die in ihrem Wagen warteten. Ich gab ihnen zu allem Auskunft, was sie wissen wollten, dann begleitete ich sie zu Glorias Zimmer, das sie ziemlich lustlos durchsuchten. Bevor sie sich verabschiedeten, gab mir einer der beiden zu verstehen, dass ihm die Sache nicht gefalle, dass er meine Befürchtungen teile. »Sie hat nichts mitgenommen, das beunruhigt mich. Denn was sagt uns das? Erstens: dass sie nicht verreist ist. Zweitens: dass sie nichts geplant hat.«

»Wie gesagt, Herr Inspektor, sie wollte Kleinholz holen. Mehr nicht. Ich habe Angst, dass sie überfallen wurde.«

»Ja, ich auch. Wollen Sie meine Meinung hören? Ein Typ hat angehalten und sie in seinen Wagen gezerrt, aus und vorbei! Irgend so was, sage ich Ihnen, da gehe ich jede Wette ein.«

Ich hob die Augen zum Himmel, auf dem sich zur untergehenden Sonne hin eine lange Reihe weißer, rasch dahinhuschender Wölkchen erstreckte. Dann hörte ich ihren Wagen wegfahren.

Ich blieb im Garten sitzen, bis es dunkel wurde. Ich wusste nicht so recht, wie ich auf diesen neuen Schicksalsschlag reagieren würde. Würde ich immun sein? Oder im Sanatorium enden? Musste ich nach dem Bruch mit Julia, dem Tod von Alex und der Flucht von Elisabeth mit weiteren Abtrünnigen rechnen? War dies das Los, das mir bestimmt war? Ich verzog das Gesicht, weil sich zwischen all diesen Prüfungen allmählich ein Zusammenhang abzeichnete, mir gewisse Ähnlichkeiten auffielen, und ich mixte mir lieber noch schnell einen Drink, bevor ich loszog ins Brunswig.

Ich hatte nicht den Ehrgeiz, voll und ganz zu verstehen, warum die nachfolgenden Generationen so sehr mit ihrem Erbe haderten, aber sie hatten diese Angewohnheit, sich in Windeseile volllaufen zu lassen, als gäbe es kein Morgen, die mir den Umständen angemessen schien und die jeder, egal, ob jung oder alt, anwenden konnte, damit in seinem inneren Porzellanladen möglichst wenig zu Bruch ging.

Ich holte mir eine Flasche, setzte mich kurz entschlossen an einen Tisch, bis ich ein wenig später eine Hand auf meinem Arm spürte – und ich hätte in meinem Leid fast heiße Freudentränen vergossen, so als wäre ich gerade über die Ziellinie eines endlosen Marathons gelaufen –, die Hand dieser Frau, die ein paar Tage zuvor in meinen Armen gelegen war, die wunderbare Rothaarige.

Leidenschaftlich küsste ich ihre Hände.

»Was ist denn in Sie gefahren?«, fragte sie nach einer Weile in einer Mischung aus Neugierde und Belustigung.

Ich blickte erneut zu ihr auf und versuchte nicht einmal, mein Entzücken zu verbergen, das mich sicher wie einen Vollidioten aussehen ließ, aber in diesem Moment war sie für mich aus irgendwelchen unerfindlichen Gründen wie eine Erscheinung, wie eine Fee, die dem flackernden Bambuswindlicht auf dem Tisch entstiegen war, sie entsprach ganz genau meinen Wünschen, ich wollte nichts anderes, ich wollte ein Seil, um mich an ihr festzubinden, ich wollte mich einkleistern und an ihren Körper kleben und mich mit Klammern und Nadeln an ihre Haut heften.

Ich erklärte ihr, was mich bedrückte, die Sorgen, die an mir nagten, das ungute Gefühl der Polizei, aber auch diesen Durchhänger, den ich seit dem Tod meines Sohns hatte. Und da ich immer noch ihre Hand hielt, legte ich sie mir an die Wange und sagte ihr noch mal, wie glücklich ich sei, sie unter diesen Umständen wiederzusehen, wie sehr ich ihren Beistand in diesem Augenblick schätzte, in dem es mir an allem zu fehlen schien.

Sie fand schnell eine Lösung für mein dringendes Bedürfnis nach Sex und Drogen zur Bekämpfung meiner quälenden Angstzustände, denn wir begnügten uns mit den engen Kabinen der Damentoilette, wo wir den Klodeckel herunterklappten, um uns darauf abzustützen. Mehr Mühe hatte sie damit, mich zu trösten und angesichts meiner Verzweiflung die geeigneten Worte zu finden. Als sie mir den Vorschlag machte, mit ihr über Weihnachten an die Riviera zu fahren, wo sie eine Villa mit direktem Zugang zum Strand besaß, hielt sie das für eine glänzende Idee, aber ich lächelte sie nur an. Das war, als hätte sie mir etwas Altes, Verdorbenes angeboten, einen alten, schalen Trank ohne Geschmack, der keinerlei Wirkung mehr bei mir zeigte.

Immerhin lief ich nicht die ganze Nacht mit dem Telefon in der Hand auf und ab, denn als wir das Brunswig verließen, dämmerte schon der Morgen, und wir waren ziemlich groggy und geblendet vom Tageslicht. Als wir unsere Autos holten, schwebte ein Dunstschleier über dem Parkplatz.

Im kalten Morgenlicht durchquerten wir die menschenleere Stadt, fuhren über stille, wie ausgestorbene Straßen.

Sobald wir bei mir waren, machte ich eine schnelle Runde durchs Haus, kam aber kopfschüttelnd ins Wohnzimmer zurück. »Nichts«, sagte ich.

Sie rang sich ein Lächeln ab.

»Ich weiß nicht einmal, wie Sie heißen«, sagte ich zu ihr. »Das ist absurd.«

»Martine.«

»Martine?«, antwortete ich mit einem irritierten Zucken, das ich aber sofort in ein erfreutes Gesicht, eine freundliche Miene übergehen ließ. »Ich habe noch nie eine Martine kennengelernt, unglaublich, oder? Aber ich mag den Namen, ich mag ihn sehr … Ich frage mich, ob er zu Ihnen passt.«

»Ich finde, dass Marc überhaupt nicht zu Ihnen passt.«

»Ich weiß. Ich wollte immer lieber Philippe heißen.«

»Was? Sie sind ja verrückt. Wie schrecklich.«

Im Haus war es ein bisschen kühl, weil ich mein Schlafzimmerfenster sperrangelweit offen gelassen hatte, und es war wohl mein Schicksal, dass ich diese Frau niemals im Evaskostüm sehen würde, denn sie behielt ihre Stiefel und ihren Rollkragenpulli an, als wir uns entspannten und den Kaffee und die Toasts kalt werden ließen, um uns aufs Sofa zu stürzen und uns diesmal mehr Zeit zu nehmen, obwohl wir ein bisschen Gänsehaut hatten.

Es nieselte schon eine Weile, als Michel ans Fenster klopfte. Martine war in einem Sessel eingeschlafen, während ich am Telefon darauf wartete, dass man mich mit den zuständigen Inspektoren sprechen ließ und mich nicht mehr von einem Apparat zum nächsten weiterverband. Das helle Licht des Morgens war in Grau übergegangen und nun von zerstäubtem Wasser erfüllt, das von den Zweigen und Büschen tropfte und sich in kleinen Pfützen auf der Terrasse sammelte. Michels Dufflecoat war völlig durchnässt, ich holte ihm ein Handtuch, während er seine Brille abwischte und sich mit zusammengezogenen Brauen über Martine beugte.

»Wer ist denn das nun wieder?«, fragte er und stellte sich zu mir. Ich bedeutete ihm, nicht zu laut zu sprechen, um sie nicht zu wecken, und erklärte ihm, dass sie die Frau sei, die ich bei Géraldine und Roger kennengelernt hatte.

»Was soll das heißen?«, fragte er mich aus. »Du vögelst sie? Hast du nichts Besseres zu tun, als rumzuvögeln, während Anne und ich vor Sorgen fast vergehen?«

Er nahm das Handtuch, um sich den Kopf abzureiben. Ich war erstaunt über den Ton, den er mir gegenüber schon seit einer Weile anschlug, als ob er mir etwas vorzuwerfen hätte, aber nicht mit mir darüber reden wollte.

»Ich weiß nicht, wie du das machst«, fuhr er fort. »Du hast wirklich ein dickes Fell. Das hattest du schon immer, ich weiß, aber mit dem Alter ist es noch dicker geworden. Wenn du damals weitergemacht hättest, wärst du eine großartige, perfekte Maschine geworden.«

Ich war mir nicht sicher, ob ich ihm diesbezüglich beipflichten konnte. Ich hatte nicht das Gefühl, dass ich robuster geworden war, im Gegenteil, eher empfindlicher. Weiß Gott, was für ein Geschrei ich gemacht hätte, was für scheußliche Phantasien mir die ganze Nacht im Kopf herumgegangen wären, wenn Martine sie nicht von mir ferngehalten hätte. Er vergaß, dass ich im Gegensatz zu ihm niemanden hatte, der mir zur Seite stand.

Als mir klarwurde, dass er auf der Suche nach Gloria die ganze Nacht durch die Umgebung gestreift war, bat ich ihn dennoch, sich zu setzen.

»Ich glaube, du übertreibst«, sagte ich.

»Nein, ich übertreibe nicht. Sag mir nicht, dass ich übertreibe. Sei so gut.«

Er schien tatsächlich völlig durch den Wind, und ich bemerkte nun meinerseits die Veränderungen, die sich bei ihm nach all den Jahren zeigten. Wir hatten uns in unterschiedliche Richtungen entwickelt. Michel war eindeutig sentimentaler und dünnhäutiger geworden. Sollte ich tatsächlich härter geworden sein, wie er behauptete, dann hatte er den entgegengesetzten Weg eingeschlagen, und nur seine Aufrichtigkeit bewahrte ihn davor, bizarr zu wirken, wenn er sich in eine Aktion wie diese hineinsteigerte und schließlich hier landete, nach einer ebenso verrückten wie vergeblichen Jagd, die sich die ganze Nacht hingezogen hatte.

Er ging wieder zurück zu Martine und beugte sich über sie, während ich ihm einen Grog machte. Bisweilen fragte ich mich, ob er noch ganz richtig im Kopf war. Jahrelang hatte ich einfach gedacht, dass er manchmal ziemlich seltsam war, aber jetzt schien es mir ein bisschen ernster zu sein. Die unglaubliche nächtliche Expedition, die er sich gerade auferlegt hatte, sprach dafür.

»Ein Groupie?«, fragte er. Ich nickte leicht und bot ihm eine Schüssel Müsli an. Draußen wurde der Regen langsam dichter, der Tag mühte sich anzubrechen, und der Himmel war schwer wie Blei. »In meinem nächsten Leben«, meinte er kopfschüttelnd, »werde ich Künstler. Also echt. Das ist der ideale Job.«

Ich stellte ihm seinen Grog hin. »Andererseits«, sagte ich, »riskiert man auch viel und bewegt sich ständig in einem Minenfeld.«

Als er seinen Hunger bemerkt hatte und gerade meine Schränke inspizierte, rief Anne bei mir an. Sie machte sich Sorgen um ihn, denn Glorias Verschwinden schien ihn besonders empfindlich zu treffen.

»Sag ihm, er soll an sein verdammtes Telefon gehen«, stieß sie zwischen den Zähnen hervor. »Ist das zu viel verlangt? Er soll mir einfach nur sagen, wo er ist und ob es ihm gutgeht.«

»Er isst gerade, bleib dran.«

»Nein, schon in Ordnung jetzt.«

»Habt ihr beide in letzter Zeit Speed genommen?«

»Nein, nicht der Rede wert, es ist nur… Es ist nur…«

»Na gut, macht ja nichts. Vielleicht bin ich komisch, vielleicht habe ich ein dickes Fell.«

»Ach, was du nicht sagst…«

Ich versprach ihr, Michel in ein Taxi zu setzen und ihnen Bescheid zu geben, sobald man mir auch nur die kleinste Neuigkeit übermittelte, dann kehrte ich zu ihm zurück und machte vorsichtshalber noch mehr Grog. Inzwischen regnete es stark, und ich hoffte, dass Gloria diesem Wetter nicht schutzlos ausgesetzt war.

»Ich kann einfach nicht glauben, dass ihr etwas passiert ist«, sagte er und starrte dabei ins Leere, bis sein Blick schließlich auf Martine fiel. Im Schlaf war das Plaid herabgeglitten, das ihre noch nackten Beine bedeckte – und die waren schön anzusehen, wenn man sich solche sexistischen Sprüche noch erlauben durfte.

☞ Der Verdacht drängte sich nicht sofort auf, und auch nicht direkt. Er schlich sich ein. Jedenfalls wachte Marc eines Morgens auf, genau drei Tage, nachdem man Gloria gefunden hatte – ihr Peiniger hatte sie für tot gehalten und am Fluss liegen lassen –, und hatte Michels Bild vor Augen. Ein Bild, das Feuer zu fangen schien. Es war so gleißend, dass es einen seltsamen Geschmack im Mund hinterließ, wie rostiges Eisen. Das Erstaunlichste war, dass er es nicht loswerden konnte.

Gloria war noch immer nicht aus dem Koma erwacht, und auch dieses Bild verfolgte ihn und legte sich im Lauf des Nachmittags über das von Michel, während Marc sich mit verzerrtem Gesicht hinter das Elektroschweißgerät klemmte – das Licht blitzte auf und sprühte um ihn herum. Aber es war nicht sehr deutlich zu erkennen, einfach nur eine unangenehme, ziemlich abstruse Gedankenverknüpfung.

Er arbeitete lange, fuhr dann direkt nach Hause und schenkte sich ein großes Glas Hochprozentigen ein. Er machte ein Feuer und ließ sich gehen, treiben, einlullen. Das einzige Lebenszeichen in diesem Haus war das knackende Holz im Zischen der Flammen. Er gluckste. Unterm Strich war das kein rauschender Erfolg, dachte er. Die Bilanz war bescheiden. Und was die Sache mit Gloria anging, war die Bilanz sogar ausgesprochen mager.

Der Überfall auf sie geriet zum neuen Höhepunkt dieser traurigen Geschichte, die sich im Kreise seiner Lieben fortspann und den Jüngsten nicht viel Glück brachte. Zweifellos war es ein bisschen spät, sich darüber Gedanken zu machen. Zweifellos war es auch ein bisschen hart, sich einzugestehen, dass der immense Weg, den man zurückgelegt zu haben glaubte, sich in Wahrheit auf die Größe einer Briefmarke beschränkte. Da konnte einen die Mutlosigkeit übermannen.

Kurz vor Mitternacht wachte er langsam wieder auf und sah, dass ein paar wohlwollende Holzstücke noch glühten – und es nicht Ratten mit roten Augen waren. Er trank ein paar Schlucke direkt aus der Flasche, die er immer noch in der Hand hielt, weil Michels Bild seine Gedanken beherrschte, und er versuchte, es auf diesem Weg auszulöschen. Ohne Erfolg. Anscheinend hatte es sich festgesetzt. Zum Glück sprachen unwiderlegbare Argumente zu seinen Gunsten, zahllose Argumente, die ihn völlig entlasteten. Auch wenn die Ereignisse der jüngsten Vergangenheit für leichte Irritationen sorgten, wenn man an das fieberhafte Interesse dachte, das er für Gloria zeigte, und an die Abfuhren, die er sich einhandelte. An die Gefühle, die er hegen musste.

In ihrer Aussage bezeugte Anne, dass Michel zum Zeitpunkt des Überfalls auf Gloria neben ihr geschlummert hatte – während sie selbst mit ihrer phänomenalen Schlaflosigkeit in dieser Nacht kein Auge zugemacht hatte. Damit war die Sache erledigt. Es liefen genügend Geistesgestörte frei herum, um diese Rolle zu übernehmen. Er schaffte es, sich vom Teppich aufs Sofa zu hieven, und verweilte einen Moment, um gedankenverloren und nahe am technischen K. o. den Sternenhimmel zu betrachten.

Dann richtete er sich mit einem Ruck auf und ging hinaus. Die frische Luft überwältigte ihn. Er setzte sich ans Steuer seines Wagens und fuhr in die Stadt, ohne einen Unfall zu verursachen oder ein größeres Verkehrsdelikt zu begehen. In seinem ganzen Leben hatte er noch nicht den kleinsten Zusammenstoß gehabt, auch nicht, wenn er alles nur noch verschwommen sah, auch wenn er absolut keine Abstände mehr einschätzen konnte, auch wenn er manchmal ein bisschen auf dem Bürgersteig fuhr – wenn sie eine ihrer Missionen ausgeführt hatten, hatte meistens er am Steuer gesessen, war dafür zuständig gewesen, die anderen an einen sicheren Ort zu bringen, was auch immer sich ihnen in den Weg stellte, und zwar nicht, weil er sich als herausragender Fahrer erwiesen hätte, sondern weil er im Verkehr ein sagenhaftes Glück hatte und sie bisweilen nur um Haaresbreite davongekommen waren.

Es war spät. Aber für Anne hatte dieses Wort nichts zu bedeuten. Als sie ihm aufmachte, trug sie Shorts und ein Trikot und war schweißgebadet.

»Ich habe mir einen Crosstrainer liefern lassen«, sagte sie, während sie sich den Nacken abwischte. »Ich muss mich austoben, sonst platze ich. So, wie es hier gerade zugeht.«

Marc stand vor dem Gerät, das gegenüber dem Fenster aufgebaut war, als hätte er es mit einer fliegenden Untertasse zu tun.

»Dieses Ding ist selten hässlich«, erklärte er, bevor er mit unsicheren Schritten auf den Balkon zusteuerte. Frische Luft. Er zog den Reißverschluss seiner Jacke bis zum Hals hoch, vergrub seine Fäuste in den Taschen und lehnte sich in der kalten Nacht mit geschlossenen Augen an die Mauer. Tief durchatmen.

Anne kam im Bademantel zurück, die Haare in ein Handtuch gewickelt. Sie bot ihm eine Zigarette an.

»Weißt du mehr?«

Er schüttelte den Kopf. »Ist Michel nicht da?«

Sie senkte den Blick. »Er wollte mal eine Runde drehen.«

Er schüttelte lange den Kopf.

Sie wusste nicht, wo er hingegangen war.

»Zu Hause war es ein bisschen einsam«, sagte er mit verzogenem Gesicht.

Sie nickte und legte ihm die Hand auf die Schulter. »Natürlich.« Ihre Hand war eiskalt.

»Anne«, seufzte er, »gibt es da etwas, das ich wissen sollte?«

Früher, als sie ihre zwielichtigen Aktionen durchführten, hatten sie absolutes Vertrauen ineinander gehabt, und dieses grenzenlose Vertrauen war ihre Stärke gewesen. Er beobachtete sie aus dem Augenwinkel, und zwar sehr genau. Registrierte ihre Anspannung, ihre Verweigerungshaltung und ihre empörte, verletzte Miene. Sie antwortete nicht, aber zumindest war er jetzt sicher, dass sie etwas verbarg.

»Hast du Neuigkeiten aus der Klinik?«, fragte sie.

Er brauchte ein paar Sekunden, bis er kapierte, dass die Frage an ihn gerichtet war. »Nein. Die Vergewaltigung wurde bestätigt. Für alles Weitere muss man die Laborergebnisse abwarten.« Wieder lauerte er auf ihre Reaktion, aber Anne war noch immer gut darin, sich nichts anmerken zu lassen. Sie blieb unerschütterlich.

»Du bist fies«, sagte sie nach einer Weile. »Ich dachte, Michel sei dein bester Freund. Dass du überhaupt auf diesen Gedanken kommst … so was Trauriges, so was Treuloses.«

Er ließ den Kopf hängen, denn sie hatte nicht ganz unrecht. Woher käme sonst dieses Schuldgefühl?

Er ließ sich in einen unglaublich bequemen Liegestuhl fallen und stierte noch eine Weile auf seine Füße.

»Ich kapier auch nicht, warum«, sagte er niedergeschlagen und errötete im Schutz des schummrigen Lichts über seine eigene Gemeinheit.

☞ Glorias Angreifer hatte sich nicht damit zufriedengegeben, sie zu vergewaltigen, er hatte sie auch fast totgeschlagen, und dieser Mann konnte unmöglich Michel gewesen sein. Gewiss, die Dinge wurden mit der Zeit nicht besser, gewiss, mit zunehmendem Alter wurde man mürrischer, aufbrausender, aber Michel hatte sich nicht in ein wildes Tier verwandelt, nur weil er über fünfzig war, er war nicht von einem normalen Menschen zu einer grässlichen Fratze mutiert. Marc und er kannten sich seit dreißig Jahren. Im Übrigen war er oft für seine Besonnenheit gelobt worden, hatte Gewalt immer nur als letztes Mittel angewendet und bei widerspenstigen Subjekten niemals die Beherrschung verloren – und niemals jemanden gebissen, guter Gott, nie im Leben, aber wie Marc soeben erfahren hatte, wies Gloria am ganzen Körper Bissspuren auf, das Fleisch war ihr in Brocken herausgerissen worden, hatte man ihm berichtet. Es war ziemlich früh am Morgen.

Gegen Mittag befielen ihn erneut Zweifel. Sich Michels Schuld nicht vorstellen zu können, so wurde ihm schließlich klar, bedeutete nicht *automatisch*, dass er nicht als Täter in Frage kam. Bei diesem Gedanken lief es ihm kalt den Rücken herunter, Abgründe taten sich auf. Dann gewannen nach und nach gewisse Details an Kontur, sprangen ins Auge, gewisse Worte bekamen einen anderen Klang, gewisse Blicke, manch beredtes Schweigen und gewisse Zeichen passten zusammen, gewisse Taten fügten sich zu einem Ganzen und gewisse Verhaltensweisen waren plötzlich so aufschlussreich, dass er aufstöhnte, als er diese schauerlichen Bilder vor seinem inneren Auge Revue passieren ließ. Für sich genommen, bewiesen diese Details nicht das Geringste, in der Summe konnte man jedoch nur schwer über sie hinwegsehen. Verdammt. Der kalte Schweiß lief ihm herunter, er erschauerte bis ins Mark.

☞ Mit ihrer Aussage, Michel sei zum Zeitpunkt des Überfalls in ihrem Bett gewesen, hatte Anne ein nicht zu knackendes Bollwerk errichtet, eine Mauer, die ihn vor jeglicher Anschuldigung schützte – und gegen die ich, der ich in vorderster Front stand, vergeblich anrannte. Sie hatte schon immer blinden Gehorsam, ja Opferbereitschaft an den Tag gelegt, und heute konnte sie endlich zeigen, wie sehr sie sich dem Mann verpflichtet fühlte, von dem sie in den achtziger Jahren ihre Befehle entgegengenommen hatte – mit mir zu schlafen war im Vergleich dazu viel weniger reizvoll.

»Was redest du da eigentlich, du Idiot«, sagte sie zu mir. »Du traust dich, mir das zu sagen?«

»Ach komm, was soll's. Wo ist er?«

»Möchtest du dich darüber beschweren, dass wir nicht mehr miteinander schlafen?«

»Nein, ganz bestimmt nicht.«

»Dann willst du dich über mich lustig machen, oder wie?«

»Nein. Absolut nicht.«

Ich war nicht gekommen, um lange zu diskutieren. »Wo ist er? Ich muss mit ihm reden.«

Sie hielt mir ein Glas hin. »Kann ich dir helfen?«

Ich schüttelte den Kopf.

»Michel ist müde«, sagte sie und legte mir die Hand auf den Arm. »Die ganze Geschichte hat ihn verwirrt. Er ist nicht da, er erholt sich.«

Ich sah sie an. Hätte ich irgendwelche Zweifel gehabt, auf wessen Seite sie stand, wären sie spätestens jetzt ausgeräumt gewesen.

»Du solltest sie dir ansehen. Die Mühe solltest du dir machen«, sagte ich zu ihr. »Wenn du willst, bringe ich dich hin, und dann reden wir weiter.«

Sie ging nicht auf meine Aufforderung ein. Sie fixierte mich lange und fragte mich, ob ich es ernst meinte, ob ich immer noch diese schreckliche und kranke Vermutung mit mir herumtrüge, diesen schrecklichen Gedanken, ob ich deshalb wiedergekommen sei, ob mir denn gar nichts mehr heilig sei. »Ich glaube, sie haben dich umgekrempelt, ganz ehrlich, davon bin ich überzeugt«, fuhr sie fort. »Du bist verrückt. Wie dem auch sei, dieses Mädchen hat uns tatsächlich drangekriegt.«

Ich unterbrach sie: »Ich bitte dich. Hör auf. Während wir hier herumstreiten, liegt Gloria im Koma. Ich glaube nicht, dass das ein beneidenswertes Schicksal ist.«

»Sie hat bekommen, was sie wollte, sie hat ihr Ziel erreicht. Sie sind ziemlich *tough*, weißt du.«

»Entschuldige mal, aber könntest du vielleicht ein bisschen Mitgefühl zeigen? Oder ist das zu viel verlangt?«

So ein krankes Gespräch hatte ich in meinem ganzen Leben noch nicht geführt. Ich ging auf den Balkon frische Luft schnappen. Es war kühl, die Sonne schien schwach am weißen Himmel, ein paar Raben zogen dort in aller Stille ihre Kreise.

Ich war dabei, sie zu verlieren, also auch diese beiden noch, meine beiden einzigen Freunde, und davor hatte ich besonders Angst, denn dann wäre ich wirklich allein – eine düstere Prophezeiung schien sich zu erfüllen, ein unerbittlicher Zapfenstreich anzukündigen, dass die Party vorbei war und man nach Hause gehen musste, trotz der Dunkelheit und des kalten Regens.

Ich verzichtete darauf, sie zu fragen, wo Michel sich von seinen großen Anstrengungen erholte – ich hätte nur meine Zeit vergeudet –, und ging, zähneknirschend und ohne ein weiteres Wort hinzuzufügen. Ich fuhr nach Hause und schob einige Nachforschungen an, bevor ich unter die Dusche sprang. Die Suche nahm einen Teil des Nachmittags in Anspruch, aber schließlich machte ich meinen Pappenheimer ausfindig, denn er hatte in einem Wellness-Center mitten in den Alpen gebucht, und zwar völlig sorglos unter seinem richtigen Namen – diese fehlenden Vorsichtsmaßnahmen waren auch ein Zeichen seiner Arroganz, der unerschütterlichen und von vornherein bestehenden Überzeugung, dass er ungestraft davonkommen würde. Ich reservierte sofort ein Zimmer.

☞ Ich kam gegen Abend an, nach Stunden am Steuer. Ich gab meinen Schlüssel ab und stürzte an die Bar, während man sich um mein Gepäck kümmerte, denn mein Konsum war noch einmal kräftig gestiegen, seit ich Gloria mit ihrem geschwollenen, fast schwarzen Gesicht gesehen hatte, aber ich hatte mir geschworen, die Fahrt über nichts zu trinken, und mich daran gehalten – ich wusste nicht genau, wie es um die Punkte auf meinem Führerschein stand, mein Instinkt riet mir jedenfalls zur Vorsicht.

Ich bestellte einen großen Gin Tonic und trank ihn mit geschlossenen Augen.

In meinem Zimmer wählte ich die Nummer von Michels Apparat. Ohne Erfolg. Ich blieb ein paar Minuten auf dem Balkon, dann ging ich wieder hinein. Es wurde dunkel, und die Wolken zogen in riesigen goldbraunen Ballen zum Horizont. Der Himmel öffnete sich, dann schloss er sich wieder. Ich schlüpfte in einen Bademantel und ging in den Spa hinunter, der um diese Zeit recht gut besucht war.

Aber ich konnte ihn nirgends finden. Ich machte gute Miene zum bösen Spiel und beschloss, mir eine kalifornische Massage zu gönnen, doch die junge Frau schlief buchstäblich auf meinem Rücken ein, sie entschuldigte sich, sie hatte sich gerade um eine Gruppe Russen gekümmert und war völlig erschöpft. Ich sagte ihr, dass die fünf Minuten, die sie mir gewährt hatte, völlig ausreichten und ich mit ihrer Arbeit sehr zufrieden sei. Ich sah, wie kurz Misstrauen in ihren Augen aufblitzte. Sie war kaum älter als Gloria. Wahrscheinlich dachte sie, ich würde gleich mit Geldscheinen vor ihrer Nase herumwedeln, oder noch Schlimmeres.

Ich stand vom Tisch auf und machte mich mit meinem Handtuch um die Hüften davon, bevor ich es mit den Männern vom Sicherheitsdienst zu tun bekam oder von eilends herbeigerufenen, bodybuildinggestählten Bademeistern auf den glänzenden Fliesenboden geworfen wurde. Im Vorübergehen schaute ich in einen Spiegel, um sicherzugehen, dass ich mich nicht in ein Monster oder irgendeine sonstwie abstoßende Kreatur verwandelt hatte – denn genau so hatte Gloria mich gesehen. Als ich wieder in meinem Zimmer war, beobachtete ich einen Moment lang, wie die Alpen in der Dämmerung verschwanden, und fragte mich, wann das mit uns passiert war – denn ich für meinen Teil hatte es nicht bemerkt –, wann waren wir in dieser Geschichte die Bösen geworden, wann hatten wir die Seiten gewechselt, wann waren wir zu einer echten Gefahr für sie geworden, eine wahre Katastrophe, usw.

Mein Aufenthalt in diesem Luxushotel am Fuß der Berge dauerte drei Tage, aber eigentlich war ich nur kurz dort, denn schon am nächsten Morgen zog ich los und sollte in den folgenden achtundvierzig Stunden keinen Fuß mehr hineinsetzen.

Es war wunderbar gelegen. Grüne Berge, verschneite Gipfel, kleine Wildbäche, riesige Tannen, pudriges Licht. Ich hatte an Michels Tür geklopft und war, nachdem ich keine Antwort erhalten hatte, an die Rezeption gegangen und hatte erfahren, dass er bereits zum Joggen aufgebrochen war – ein gutes

Dutzend Kilometer quer durchs Gehölz, ein richtiger Waldweg, sehr beliebt bei gegelten Entscheidern und alten Schuften mit vornehm blasser Haut.

Man sagte mir, wenn ich eine Abkürzung nähme, könne ich meinen Freund einholen, der gerade mal eine halbe Stunde Vorsprung habe. Ich sah zu den Wolken auf, aber man informierte mich sehr liebenswürdig darüber, dass erst für den Abend Regen angekündigt sei.

Eine kleine Wanderung konnte nicht schaden. Wer sich Alkohol und Drogen hingab, sollte ein gesundes Leben führen und auf seine Gesundheit achten. Ich ging in mein Zimmer zurück, zog mich um und erledigte ein paar Anrufe – mein Handy hatte keinen Empfang. Gloria machte keinerlei Anstalten, aus dem Koma zu erwachen, und auch die Polizei hatte keine Neuigkeiten für mich, nur dass das Verfahren seinen Lauf nahm. Ich streifte Outdoorklamotten über, denn es war ziemlich kühl, steckte eine Flasche Wasser und einen Flachmann mit altem Bourbon ein, falls mir was passierte – ich könnte von einem Bären verfolgt werden oder von einer Lawine verschüttet.

Kurz darauf verließ ich also das Hotel und schritt beherzt auf dieser großartigen Abkürzung dahin. Das Unterholz roch gut. Der Boden war mit Laub bedeckt. Ich lief eine ganze Weile über einen sonnigen Hang und hätte alles dafür gegeben, Gloria hier bei mir, an meiner Seite zu haben, aber wir hatten in jeder Beziehung versagt. Der Gedanke entfachte eine dumpfe Wut gegen Michel, eigentlich wollte ich gar nicht hören, was er zu sagen hatte – wenn er denn etwas zu sagen hatte. Ich würde ihn mir an der Wegkreuzung schnappen und hatte überhaupt keine Ahnung, wie ich mich verhalten würde, aber ich ging nicht langsamer. Da hörte ich plötzlich das Plätschern eines Bachs und verweilte einen Moment sprachlos.

Der Bach war nicht, wo er sein sollte. Er sollte sich hinter mir befinden, aber nun floss er auf der linken Seite. Ich verstand nicht recht, was ich da getrieben hatte, bis ich bemerkte, dass ich vom Weg abgekommen war. Ich ging zurück. Nicht gerade begeistert, aber ich beschloss, mich an die Beschreibung zu halten, die ich mir gemerkt hatte und die besagte, dass der Bach hinter mir sein sollte. Ohne große Überzeugung machte ich also einen Bogen.

Ich trank ein bisschen Bourbon, um mich auf Touren zu bringen, und heftete mich wieder an Michels Fersen. Ich rutschte ein paarmal aus und knallte voll auf den Hintern. Der Blätterteppich machte nicht nur den Weg unkenntlich und den Boden rutschig, man konnte auch ohne weiteres über eine Wurzel stolpern oder in ein Loch treten und sich den Fuß verstauchen. Ich hatte nicht genug aufgepasst. Ich hatte die Warnsignale übersehen, dabei hätten sie mir in die Augen springen müssen. Ich hatte meinem Sohn nicht genügend Aufmerksamkeit gewidmet, und obwohl es jetzt zu spät war, um Tränen zu vergießen, hatte ich dieses Gefühl, das einen bitteren Geschmack im Mund hinterließ, das Gefühl eines endgültigen Verlusts, und ich musste damit leben.

☞ Gloria hatte ihm zu verstehen gegeben, dass er für den Selbstmord seines Sohns mitverantwortlich war, und Marc fragte sich, wie lange er brauchen würde, um das zu akzeptieren.

Gegen Mittag hatte er keinerlei Orientierungspunkte mehr, weder den Bach noch sonst irgendetwas. Das war schon ein wenig lästig, aber er schritt noch kräftig aus und war guter Hoffnung, auf einen Weg zu stoßen oder, besser noch, auf eine Straße oder einen Campingplatz. Es war noch lichter Tag, die Wolken waren noch weit. Er pfiff nicht mehr vor sich hin, aber er war guter Dinge. Natürlich, er hatte sich verlaufen, aber das erschien ihm so absurd, dass es eigentlich zum Lachen war. Seine Wut auf Michel hatte jedenfalls nicht nachgelassen, und dass er sich nun in dieser misslichen Lage befand, fachte sie weiter an.

Die Sonne stand noch hoch am Himmel, als er ein fernes Rauschen vernahm, das schwache Brausen von so etwas wie einer Autobahn, na endlich, aber sie verlief fünfzig Meter über ihm – auf einer Art Viadukt, soweit er das beurteilen konnte. Mürrisch betrachtete er die Überführung, seufzte, und nachdem er etwas Wasser getrunken hatte, beschloss er, ihr nach links zu folgen – aus dem Unterholz war ein seltsamer Vogelschrei zu hören, während das dumpfe Dröhnen eines Lastwagens in der Ferne verklang und ein Jagdflugzeug vorbeidüste.

Er mochte sich Vorwürfe machen, weil er nicht dafür gesorgt hatte, dass sein Sohn gewappnet war, er ihn nicht stark genug gemacht hatte, aber war er selbst hinreichend gewappnet gewesen, damals, als Alex ihn brauchte? Konnte er irgendetwas weitergeben, wenn er doch auch keine Ahnung hatte, wenn er sich volllaufen ließ, wenn er sich zudröhnte, wenn er ziellos im Dunkeln herumstocherte, wenn er Missionen ausführte, wenn sein Liebesleben ein heilloses Chaos war, wenn die Welt ein noch viel heilloseres Chaos war und eine Party geiler als die andere, wenn er so leicht sein Geld verdiente …?

Wie viele kamen heil ans Ziel, wie viele schafften es, alle Erwartungen zu erfüllen, wie viele entschieden sich für den ehrenhaften Weg, wie viele opferten sich?

Er war so in Gedanken versunken, dass er plötzlich unerwartet vor einem kleinen Bergsee stand. Die Autobahn überspannte ihn in der Luft, am anderen Ufer wucherte die Vegetation wie eine grüne Mauer. Er hielt kurz inne und beobachtete das Schillern des goldenen Lichts auf der Wasseroberfläche. Viel Herumtrödeln war nun nicht mehr angesagt. Er würde sich zusammenreißen, zu dieser verdammten Autobahn hinaufsteigen und den erstbesten Wagen anhalten, selbst wenn er sich mit ausgebreiteten Armen mitten auf die Straße stellen musste. Er gönnte sich fünf Minuten Pause, bevor er den kleinen Seezulauf in Angriff nahm, dazu krempelte er sich die Hosen bis zur Hälfte der Waden hoch – wobei sich die Unannehmlichkeiten darauf beschränkten, Schuhe und Strümpfe auszuziehen, um durchs eiskalte Wasser zu waten, und sie wieder anzuziehen. Vorsorglich nahm er einige tiefe Züge Bourbon aus der Flasche, umso mehr, als der Himmel sich zusehends bedeckte.

☞ Michel war bestimmt schon längst wieder im Hotel. Ich stellte ihn mir vor, wie er allein in seinem Zimmer war, und fragte mich, in was für einem Gemütszustand er sich wohl befand. Eigentlich hätte ich das wissen müssen, schließlich behauptete ich, ihn besser zu kennen als mich selbst, und hätte ohne zu zögern mein Leben in seine Hände gelegt, aber nun musste ich mich von meinen Illusionen verabschieden – es schien mein Schicksal zu sein, dass die beiden Männer, mit denen ich mich am vertrautesten gewähnt hatte, sich als die entpuppten, die ich am schlechtesten kannte. Ich zog meine Schuhe aus. Meiner Einschätzung nach blieb mir noch eine gute Stunde Tageslicht, und ich war weiter optimistisch, denn die dichten schwarzen Wolken voller Gewitter und Regen verharrten weiter unbeweglich am Horizont.

Das Flussbett bestand aus Kieseln und glitschigen Stolpersteinen. Ich war auf der Hut, auf keinen Fall wollte ich völlig durchnässt weiterziehen. Ich tastete mich voran, konzentrierte mich auf jeden Schritt, da hörte ich einen Schuss. Ich drehte mich um. Der See, die Tannenreihe am Ufer, der weiße Himmel und plötzlich ein Tier – ein Hirsch! –, der auf mich zugaloppierte, dass es nur so stob, und buchstäblich über mich hinwegsprang. Ich verlor das Gleichgewicht, knallte rücklings auf den erstbesten Stein und war weg.

Ich kam erst in aller Frühe wieder zu mir, zähneklappernd vor Kälte. Und das nicht ohne Grund. Ich war klitschnass und der Morgen froststarrend, schneidend und gleißend hell. Ich machte kurz die Augen zu und dann wieder auf, aber ich hatte noch nicht vor, mich zu bewegen – als ob ich einen stechenden Schmerz befürchtete, der mir ein ernsthaftes Problem anzeigen würde, einen mutmaßlichen Materialschaden. Ich lag auf Steinen, zwischen denen einige Zentimeter klares, silbriges Wasser gluckerte. Über mir durchschnitt die Autobahn den Himmel, und das in einer so beeindruckenden Höhe, dass sie fast im Nebel verschwand, und die Konstruktionen, die sie trugen – ein Metallbogen, verbunden mit einem Bündel Stahlseilen, die in der Luft vibrierten –, verstärkten dieses Gefühl von schwereloser Leichtigkeit, die sie mir in meiner horizontalen Lage vermittelte.

Die Stille war atemberaubend, das kleinste Geräusch wurde kristallin oder so deutlich wahrnehmbar, dass ich eine Libelle fliegen hörte, die über meinem Bauch in der Luft stand – ein Klang wie das Rascheln von Seide. Ein breiter Nebelstreifen schwebte über dem Wasser. Noch ganz benommen richtete ich mich auf. Ich fasste mir mit der Hand an den Hinterkopf und zog sie blutverschmiert wieder zurück. Ein Volltreffer. Körperlich fühlte ich mich noch nicht sonderlich fit, aber im Kopf war ich klar, ich wusste genau, wo ich war und was ich hier machte, ich wusste, dass ein Hirsch über mich hinweggesprungen und ich ohnmächtig geworden war.

Ich zitterte, aber schwer zu sagen, woher das eigentlich kam. Ich wartete ungeduldig auf ein bisschen Wärme und fixierte den Punkt am Horizont, von dem der laue Morgendunst hereindrückte – in der Hoffnung, dass meine Zähne dann zu klappern aufhörten.

Bei diesem Licht, diesem Nebel, diesem starken Duft nach Erde wurde die Szenerie übernatürlich, zugleich zart schimmernd, schön und bedrohlich. Alles war unbeweglich und still. Ich blinzelte und bemerkte eine dunkle Erscheinung auf dem See, und diese Erscheinung sandte schwarze Linien aus, so dass sich die Oberfläche kräuselte und erkennen ließ, dass sich das Ding – ich hatte es für einen treibenden Baumstamm mit einem Büschel Zweigen gehalten – in Bewegung gesetzt hatte, und erst jetzt begriff ich, dass es der Hirsch war, er war also zurückgekommen, und ich musste lächeln, ganz als wäre er meinetwegen zurückgekommen und wollte mir Gesellschaft leisten. Ich nahm ihm nicht übel, dass er mich umgestoßen hatte. Ich sah ihm zu, wie er in aller Stille über die Oberfläche glitt – seine Beine waren nicht zu sehen –, und ließ mich von der Anmut und Erhabenheit dieses Auftritts verführen, als mir plötzlich der Knall wieder einfiel, den ich gehört hatte, bevor ich ihn über mir auftauchen sah, und eilends suchte ich die Umgebung ab.

Inzwischen war das Tier im Wasser stehen geblieben. Es schnaubte. Ein seltsamer Geruch verbreitete sich. Ich konnte nichts Verdächtiges entdecken, aber ein Gutteil der Landschaft war in dichten Nebel getaucht. Ich machte einen Schritt auf ihn zu, dann noch einen, und obwohl ihm nichts anzumerken war, wusste ich mit einem Mal, dass er verletzt war. Während ich mich näherte, ließ ich meinen Blick nach links und rechts schweifen – was für ein phantastisches Ziel er abgab. Ich war nur noch wenige Meter von ihm entfernt. Aus seinem Maul stieg eine feine Atemwolke auf. Ich streckte langsam die Hand aus, und wie versteinert starrte er mich an – aus nächster Nähe betrachtet war er sehr beeindruckend, seine Größe schien mir erstaunlich. Wieder schnaubte er. Als ich ihn berühren wollte, wich er zurück – nicht weil er scheute, sondern eher aus Stolz. Ich stand nun schlotternd im Wasser und fragte mich, wie ich ihm beibringen sollte, mir zu folgen, damit wir uns in Sicherheit bringen konnten, aber wir hatten nicht viel Zeit, um uns aneinander zu gewöhnen, denn sein zerplatzender, zersplitternder Kopf besudelte mich reichlich, genau als ich den Schuss losgehen hörte.

☞ Als Marc die Augen aufschlug und sich wieder hochrappelte, brach die Nacht an. Er war buchstäblich betäubt gewesen und wachte gerade erst auf. Es war noch nicht sonderlich spät, aber der Himmel war schon dunkel, denn die Wolken hatten seine Bewusstlosigkeit ausgenutzt, um den Luftraum zu erobern. Er betastete seinen Hinterkopf, eine schmerzende Zone, die aber nicht mehr blutete, und da es darauf nicht mehr ankam, spritzte er sich kaltes Wasser auf Gesicht und Nacken und zitterte noch mehr, bevor er sich dazu entschloss, endlich diesen verflixten Wasserlauf zu durchqueren – in der Hoffnung, dass nicht plötzlich ein ganzes Rudel auftauchte und ihn zertrampelte, ohne auch nur ihren Schritt zu verlangsamen. Misstrauisch sah er sich um. Er hatte ganz deutlich das Gefühl, aus einem Alptraum erwacht zu sein, aber er konnte sich an kein Motiv erinnern, nichts Greifbares, der Bildschirm schien mit einer knallroten Flüssigkeit verklebt – ein unangenehmer Zustand. Er horchte in die Dämmerung, aber alles war still – über seinem Kopf waren nur noch sporadisch Autos zu vernehmen, ein paar Lichter bewegten sich durch die Nacht wie Perlen auf einer lädierten Kette. Seine Outdoorbekleidung war durchnässt. Die gute Nachricht war, dass der bevorstehende Regen für ihn keinen Unterschied machen würde.

Die schlechte entdeckte er wenig später, als er nach einem beschwerlichen Aufstieg bei Blitz,

Donner und Wolkenbruch den Asphalt betrat. Die Einfahrt eines Tunnels. Er befand sich vor der Einfahrt eines riesigen Tunnels. Er erschauerte und blickte in die andere Richtung, aber man konnte nicht viel erkennen durch das Treiben der trüben Regenschleier, zumindest nichts Verlockendes, nichts, keinen Lichtschein. Er war tropfnass.

Er war unfähig, auch nur einen Fuß in einen Tunnel zu setzen. Es ging nicht. Nicht für alles Gold der Welt. Schon wenn er sich der Öffnung näherte, bekam er Herzklopfen, aber es regnete so stark, dass er fast im Stehen ertrank und notgedrungen in die Einfahrt zurückwich – hechelnd wie eine Frau während einer Geburt und zitternd wie Espenlaub.

Er drückte sich gegen die Wand, schob sich ein oder zwei Meter auf dem Seitenstreifen entlang und ließ sich in die Hocke sinken. Das erste Auto, das er anhalten wollte, hätte ihn fast überfahren. Wer meinte, er könne um diese Zeit, bei diesem Wetter und in diesem Zustand – er sah aus, als hätte er sich auf dem Boden gewälzt – Autostopp machen, musste absurd gutgläubig sein. Er konnte nicht hierbleiben, das war Wahnsinn, man würde ihn über den Haufen fahren. Er sprang auf, um hinauszustürzen und in die entgegengesetzte Richtung zu laufen – so ein Tunnel machte ihn fertig –, da hielt ein Wagen an.

☞ »Oh, danke! Vielen Dank! Tausend Dank!«, sagte ich, als ich mich einem verschmierten Ferkel gleich neben die junge Frau am Steuer setzte, die mir in einer Sprache antwortete, von der ich nicht das Geringste verstand. Sie startete. Ich fragte sie, ob sie verstand, was ich sagte, aber sie sprach weiter in ihrem seltsamen Singsang mit mir, als ob nichts gewesen wäre. Ich lachte herzhaft über diese merkwürdige Situation und begann ein surreales Gespräch mit ihr – das eher dazu diente, mich von dem dunklen Schacht abzulenken, in den wir einfuhren, als sie kennenzulernen –, da fiel mir plötzlich ihre Ähnlichkeit mit Gloria auf. Ich hatte sie auf den ersten Blick gar nicht bemerkt, weil sie mir nur ihr Profil gezeigt hatte, aber seit unsere verrückte Unterhaltung in Gang gekommen war, hatte sie sich mir mehrmals zugewandt, und ich glaubte inzwischen, dass sie eines der Mädchen aus der Clique war, mit der ich sie am Flussufer überrascht hatte. Aber vielleicht täuschte ich mich, ich konnte es nicht mit letzter Gewissheit sagen. Das Auto war leer. Kein Koffer, keine Tasche, kein Kleidungsstück. »Wer bist du?«, fragte ich, während sie einen erholsamen, mit lockeren Gesten untermalten Monolog begonnen hatte und ich auf dem Beifahrersitz versonnen vor mich hintropfte, beschämt, aber glückselig wie ein Unschuldsengel, der in die Hose gemacht hatte. Ich hatte noch ein bisschen Bourbon über. Den sie ausschlug. Den dann ich trank. Damit wir bei Laune blieben, erzählte ich ihr von all den verpassten Gelegenheiten in meinem Leben. Und sie machte in ihrer geheimnisvollen Sprache wahrscheinlich dasselbe. Wir verließen den Tunnel und tauchten in die Nacht.

☞ Gegen Mittag erwachte er auf dem Parkplatz einer Raststätte. Die junge Frau war nicht mehr da. Es regnete nicht mehr, und seine Kleidung war nur noch *sehr* feucht – er war relativ trocken, das blasse Sonnenlicht war durch die Scheiben gefallen und hatte den Wagen mehr oder weniger aufgewärmt. Er gähnte. Er stieg aus, um auf die Toilette zu gehen, und hoffte, sie dort zu finden, um sich zu bedanken – und falls sie ihn unbedingt auf einen Kaffee einladen wollte, würde er sich das wohl gefallen lassen.

Er stand mit einer Handvoll LKW-Fahrern vor den Pissoirs. Sie betrachteten ihn naserümpfend, obwohl sie selbst ihre widerlich speckigen Käppis und ihre ekelhaft schmuddeligen Karohemden trugen. Er wusch sich kurz und fand es sehr erfrischend, hielt die Hände unter den Trockner, kämmte sich mit den Fingern.

Er drückte sich eine Weile in dem Laden herum,

spazierte durch die Regalreihen, begutachtete die Sandwiches und die Flans, aber er hatte keinen einzigen Euro in der Tasche. Es gab auch durchaus akzeptabel aussehenden vakuumverpackten Serrano-Schinken, regionalen Käse und getrocknetes Rindfleisch. So strich und schlenderte er eine Weile umher, bis er schließlich einsehen musste, dass seine junge Fahrerin einfach verschwunden war.

Er ging zu den Straßenkarten und faltete eine auseinander, um herauszufinden, wo er war. Nach einer kurzen Auseinandersetzung mit dem Geschäftsführer, auf dessen schöne Uniform sein Name gestickt war, schmiss er ihm die Karte ins Gesicht und kehrte auf den Parkplatz zurück. Der Himmel war weiß und hell, und wo er stand, war deutlich ein laues Lüftchen, eine undefinierbare Liebkosung zu spüren. Er lehnte sich gegen den Kotflügel des Wagens, verschränkte die Arme und schloss die Augen. Nun war es so weit. Er konnte endlich zurückfahren, und Michel würde ihm nicht mehr entkommen. Die Schlammspritzer auf seinem Körper wurden langsam heller, sie trockneten. Bei diesem Mädchen stand er tief in der Kreide, dachte er, wer auch immer sie geschickt haben mochte – der Teufel oder weiß Gott wer.

Das Auto war ein Mietwagen, die Schlüssel steckten. Bei diesem Anblick musste er lächeln, denn er fühlte sich um fünfundzwanzig Jahre zurückversetzt, als beginne gerade eine neue Mission. Gut möglich, dass sie ihm irgendwo Geld hinterlegt hatte, wie das häufig gemacht wurde – zumeist lag ein Umschlag unter dem Sitz –, aber als er die Wagentür öffnete und sich bückte, um mit der Hand unter die Fußmatte zu fassen, drängte sich ein hochroter Kopf mit Pferdeschwanz schreiend in sein Blickfeld.

Es war die Frau des Geschäftsführers oder eine Kassiererin, ganz egal, jedenfalls hatte der Mann eine hundert Kilo schwere Frau mit derselben Uniform geholt, und da stand sie nun und brüllte Marc aus nächster Nähe an, es ging immer noch um die Sache mit der Straßenkarte, die er angeblich beschädigt hatte und auf der Stelle zahlen sollte. Eine richtige Furie. Trotz der Kälte lief sie in einem kurzärmligen Polohemd herum.

»Müssen Sie so schreien?!«, schrie er ihr nun seinerseits ins Ohr. Er hatte nicht bemerkt, dass sie einen Ochsenziemer in der Hand hielt, sie verpasste ihm einen ordentlichen Schlag auf den Arm – so dass dieser mehrere Sekunden betäubt war. Er hatte noch nie eine Frau geschlagen, aber durch den Schmerz geriet er so in Wut, dass er sie an ihrem Polohemd packte und herumriss, um sie auf den Boden zu werfen, aber diese Frau war ein regelrech-

ter Koloss und machte gerade mal einen Schritt zur Seite, dann hatte sie sich wieder gefangen. Im Gegenzug schlug sie ihn auf den Kopf, und er sah Sternchen. Er schwankte, wich zurück und stolperte die Böschung hinunter.

Als er völlig verkratzt, zerrissen, verschmiert und staubbedeckt unten angekommen war, brummelte er wüste Flüche in seinen Bart.

☞ Diese Frau. Diese merkwürdige junge Frau, die ihn an der Einfahrt des Tunnels aufgelesen hatte, die an Gloria erinnerte usw. Sie folgte ihm aus der Ferne. Schweigend. Sie war mit einer Taschenlampe ausgerüstet, die aber unnötig war, da es zum Glück über ihnen aufgeklart hatte und der Mond schien.

Sie hatte ihn eingeholt, als er sich bei Anbruch der Dunkelheit wieder ins Unterholz schlug – diesmal mit einer genauen Wegbeschreibung dank der Karte, denn er hatte Zeit gehabt, sie sich einzuprägen. Er hatte versucht, sie heranzuwinken, aber sie hatte den Kopf geschüttelt und war offenbar darauf bedacht, den Fünfzig-Meter-Abstand zwischen ihnen beizubehalten – und da sie andererseits nicht in der Lage waren, auch nur ein paar Worte zu wechseln, sah er keine Veranlassung, etwas zu forcieren.

Ab und zu wandte er sich um, dann nickte sie

und bedeutete ihm, er solle weitergehen, obwohl er sie nicht um Rat gefragt hatte – zweimal machte sie sich bemerkbar und holte ihn wieder auf den richtigen Weg zurück, bis sie schließlich den Bach erreichten, an dem er am Vortag entlanggegangen war, ein untrügliches Zeichen dafür, dass er jetzt nur noch eine Stunde Fußmarsch entfernt war von einem erstklassigen Hotelzimmer mit der weichsten Bettwäsche der Welt und feinstem gastronomischen Zimmerservice.

Als das Hotel in Sicht kam – hell erleuchtet wie eine Jukebox –, wandte er sich nochmals um und stellte fest, dass die Frau erneut verschwunden war.

Er verlangte seine Schlüssel und wollte gerade auf sein Zimmer gehen, ohne sich um die Blicke des Portiers und die des älteren, herausgeputzten Ehepaars zu kümmern, das in der Eingangshalle um den Springbrunnen kreiste. Aber als er auf die Lifts zuhielt, machte sein Herz einen kleinen Sprung, denn er sah, wie Anne aus der Drehtür trat und zur Rezeption ging. Er erstarrte kurz mit hochgezogenen Schultern, dann stürzte er zur Treppe.

☞ Zuallererst gönnte ich mir ein heißes Bad. Ich klapperte ununterbrochen mit den Zähnen. Schon richtig lange. Seit Tagen, so schien es mir. Ich schüttete eine ganze Flasche sprudelndes und ionisierendes Entspannungsschaumbad in die Wanne. Mein Handgelenk schmerzte ein wenig, aber ich hatte kein schlechtes Gewissen. Ich hatte so verdammt viel Staub geschluckt, als ich den Abhang des Parkplatzes hinuntergestolpert war, dass immer noch Sandkörner zwischen meinen Zähnen knirschten. Aber diese miese Kassiererin hatte mich wirklich zur Weißglut gebracht, und ich war noch mal hochgegangen, um mit ihr abzurechnen und mich von einer Last zu befreien, die mir wie Blei im Magen lag, denn diese Tankstellendomina hatte das Fass zum Überlaufen gebracht, weil sie sich allzu gern ihres Ochsenziemers bediente. Zu dem sie gleich wieder griff, als sie mich in den Laden kommen sah, wo sie inmitten von Süßigkeiten, Sonnenbrillen und diverser Autopflegeprodukte die Stellung hielt.

Sie kam hinter ihrer Kasse hervor, pflanzte sich mit einem wütenden Knurren vor mir auf und unterstrich es mit einem von rechts nach links ausgeführten Schlag, der kraftvoll, aber schwerfällig war. Ich konnte leicht ausweichen, so dass das Ende ihrer Waffe ein Schaufenster mit Pornovideos traf, das buchstäblich explodierte, während ich ihr einen Magenschwinger versetzte, unter dem sie sich zusammenkrümmte, mir aber Schmerzen am Handgelenk verursachte, weil sie nicht so schlaff war, wie sie aussah. Der Geschäftsführer blieb im Hintergrund, und ein paar Kunden standen mit aufgerissenen Augen da, als ich den Ständer mit den Karten über ihr ausschüttelte.

Bevor ich hinausging, hob ich eine auf und studierte sie, dann warf ich sie über die Schulter auf den Parkplatz.

☞ Wenigstens war dieses Problem gelöst, dieser Irrlauf durch die Wälder gehörte nun endgültig der Vergangenheit an. Jetzt konnte er weitermachen. In seinem Bad entspannte er sich zumindest teilweise – mehr war nicht zu schaffen. Inzwischen war Anne vor Ort, und das machte die Sache sicherlich noch komplizierter, aber wie sehr sich das auswirken würde, wusste er nicht so recht. Er rasierte sich, verarztete seine Wunden, bestellte Club-Sandwiches – er hatte bereits alles Essbare aus der Minibar verzehrt – und eine Thermoskanne Kaffee. Draußen hatte es kurz geregnet, aber gleich danach war Wind aufgekommen und hatte alle Wolken weggefegt, dafür flogen nun die Blätter, wurden in der klaren Nacht verstreut, pfeifende Böen schlugen gegen die Fenster, die Bäume bogen sich in der Dunkelheit.

Letztlich war also nichts von Dauer, nicht einmal Freundschaften, sagte er sich, als er begann, einen Plan auszuhecken, wie er ohne Zeugen an Michel herankommen konnte.

Er würde ihm die Maske vom Gesicht reißen. Er würde Annes Aussage komplett auseinandernehmen. Vermutlich zeigte er selbst kein beispielhaftes Verhalten in Sachen Freundschaft und Loyalität, ja eigentlich war das sogar ziemlich wahrscheinlich, aber hatte Michel nicht alles zum Teufel gejagt, als er über Gloria hergefallen war, hatte er in diesem Moment nicht alles kaputtgemacht, alles verleugnet?

Danach würde Anne ihn hassen. Und der Kreis wäre geschlossen. Aber als er auf die fernen Berge sah, die noch nicht vollständig mit Schnee bedeckt waren, und spürte, wie seine Entschlossenheit nachzulassen drohte, senkte er den Blick und entdeckte die Tunnelfrau unter seinem Fenster, die reglos und mit herabhängenden Armen heraufschaute. Er starrte lange auf sie hinunter. Auf sie und ihre ausgeschaltete Taschenlampe. Manchmal war er nicht gerade der Schnellste.

☞ Ich verbrachte Weihnachten allein.

In einem Anfall von Wahnsinn hatte ich es geschafft, ihn zu fesseln und in den Kofferraum meines Wagens zu werfen, nachdem ich dafür gesorgt hatte, Anne mit einem starken Muskelrelaxans außer Gefecht zu setzen.

Ich bereute nichts. Ich ging weiter aus, trank

und puderte mir die Nase, aber ich war abgestumpft, und seit zwei Tagen vegetierte ich inmitten von Kartons – Elisabeth hatte klargestellt, dass sie diese Entscheidung nicht wegen der jüngsten Ereignisse treffe, bei denen ich mich hervorgetan hatte, aber dennoch verlasse sie mich nun endgültig, das sei das Beste für uns beide. Deshalb aß ich mit Männern in Tragegurten zu Mittag, die mit ihren groben Fingern die Garderobe meiner Ex zusammenlegten – ich war einfach nicht in der Lage gewesen, mich darum zu kümmern, und sie wollte mich im Moment nicht sehen, und da standen sie nun zögerlich und verwirrt vor den Schubladen voller Slips, BHs und Unterröcken.

Ich hatte ein nicht wiedergutzumachendes Durcheinander angerichtet, und zwar ebenso sehr zwischen ihr und mir wie auch zwischen den beiden anderen und mir – ich konnte höchstens noch stolz darauf sein, dass ich ganze Arbeit geleistet hatte und nicht nur *fast*. Das angekündigte Chaos hatte sich also tatsächlich eingestellt, und hinzu kamen noch diese bitteren, schrecklichen Dinge, die ich in Bezug auf Alex erfahren hatte, und damit über meine Rolle als Vater, was den Himmel noch weiter verdunkelte.

Gloria lag noch immer im Koma, und ich durfte sie immer noch nicht besuchen, aber ich ging regelmäßig in die Klinik und versuchte, durch das Fenster ihrer Zimmertür einen flüchtigen Blick auf sie zu werfen. Ich wollte ihre Sachen bei mir zu Hause aufbewahren, aber die Behörden waren dagegen und schickten jemanden vorbei, um ihre Tasche abzuholen – die nun aufrecht im Schrank ihres Zimmers stand.

Ich blieb jedesmal ein paar Minuten. Einem Krankenpfleger, der die verschlossene Tür bewachte und dem ich des Öfteren begegnete, erklärte ich schließlich, wie wir zueinander standen, und er vertraute mir an, dass ihr Gesicht viel besser aussehe, er es sogar sehr hübsch finde, dass man Kerzen für sie anzünden müsse.

Der Typ, der sie so zugerichtet hatte, wurde eine knappe Woche, nachdem ich Michel in meinen Kofferraum gesperrt hatte, festgenommen, es war dieser Kahlrasierte, von diesem Paar, dem wir einmal begegnet waren und mit dem sie sich offensichtlich weiter getroffen hatte. Umso besser, wenn am Ende die wahren Schuldigen hinter Gitter kamen, erklärte ich ein paar Tage vor Weihnachten, aber diese Worte riefen bei den anderen beiden keinerlei Reaktion hervor, und das fand ich fast beruhigend.

Ich arbeitete ein bisschen im Garten, bevor das neue Jahr anbrach und die Erde zu hart sein würde.

Ich dachte an Gloria, ich beugte mich über sie und fragte mich, ob sie wohl jemals wieder aufwachte.

2. April 2011
23 Uhr 41

Bitte beachten Sie
auch die folgenden Seiten

Martin Suter im Diogenes Verlag

»Martin Suter erreicht mit seinen Romanen ein Riesenpublikum.«
Wolfgang Höbel / Der Spiegel, Hamburg

Small World
Roman
Auch als Diogenes Hörbuch erschienen, gelesen von Dietmar Mues

Die dunkle Seite des Mondes
Roman
Auch als Diogenes Hörbuch erschienen, gelesen von Gert Heidenreich

Business Class
Geschichten aus der Welt des Managements

Ein perfekter Freund
Roman

Business Class
Neue Geschichten aus der Welt des Managements

Lila, Lila
Roman
Auch als Diogenes Hörbuch erschienen, gelesen von Daniel Brühl

Richtig leben mit Geri Weibel
Sämtliche Folgen

Huber spannt aus
und andere Geschichten aus der Business Class

Der Teufel von Mailand
Roman
Auch als Diogenes Hörbuch erschienen, gelesen von Julia Fischer

Unter Freunden
und andere Geschichten aus der Business Class

Der letzte Weynfeldt
Roman
Auch als Diogenes Hörbuch erschienen, gelesen von Gert Heidenreich

Das Bonus-Geheimnis
und andere Geschichten aus der Business Class

Der Koch
Roman
Auch als Diogenes Hörbuch erschienen, gelesen von Heikko Deutschmann

Allmen und die Libellen
Roman
Auch als Diogenes Hörbuch erschienen, gelesen von Gert Heidenreich

Allmen und der rosa Diamant
Roman
Auch als Diogenes Hörbuch erschienen, gelesen von Gert Heidenreich

Abschalten
Die Business Class macht Ferien

Die Zeit, die Zeit
Roman
Auch als Diogenes Hörbuch erschienen, gelesen von Gert Heidenreich

Allmen und die Dahlien
Roman
Auch als Diogenes Hörbuch erschienen, gelesen von Gert Heidenreich

Außerdem erschienen:

Business Class
Geschichten aus der Welt des Managements
Diogenes Hörbuch, 1 CD, live gelesen von Martin Suter

Françoise Dorner

Die letzte Liebe des Monsieur Armand

Roman. Aus dem Französischen von Christel Gersch

Armand, Philosoph im Ruhestand, glaubt, das Leben hinter sich zu haben. Auch Pauline, zwanzig, denkt, sie kenne es. Fünfzig Jahre trennen die beiden, und doch ergeht es ihnen gleich: Sie waren allein in der Stadt der Liebe, bevor sie einander trafen. Nicht um Sex und nicht nur um Freundschaft geht es in ihrer Begegnung, wohl aber um die Wiederentdeckung der Lebensfreude.

2013 von Sandra Nettelbeck unter dem Titel ›Mr. Morgan's Last Love‹ mit Michael Caine, Clémence Poésy und Gillian Anderson in den Hauptrollen verfilmt.

»Wenn Pauline und Monsieur Armand am Ende dieses liebenswerten und anrührenden Buches voneinander scheiden müssen, bleibt dem Leser das erhabene Gefühl, einer ganz besonderen Liebe beigewohnt zu haben.« *Die Welt, Berlin*

»Eine leise, zu Herzen gehende Geschichte über das Glück, also über das Leben.«
Norddeutscher Rundfunk, Hamburg

»Pauline hätte man gerne zur Freundin. Großherzig, offen – ein Goldstück.« *Le Figaro, Paris*

»So lustig und sentimental wie eine französische Filmkomödie.« *Freundin, München*

Auch als Diogenes Hörbuch erschienen, gelesen von Hans Korte

Doris Dörrie im Diogenes Verlag

»Es ist vollkommen gleichgültig, ob Sie Doris Dörrie in der Badewanne, im Intercity-Großraumwagen, im Lehnstuhl oder in der Straßenbahn lesen, nur: Lesen Sie sie!« *Deutschlandfunk, Köln*

»Heute streiten sich die Feuilletonisten, ob sie besser Bücher schreiben kann oder besser Filme dreht. Die Antwort ist einfach: Doris Dörrie kann beides.« *Deutschland, Bonn*

Liebe, Schmerz und das ganze verdammte Zeug
Vier Geschichten
Daraus die Geschichte *Männer* auch als Diogenes Hörbuch erschienen, gelesen von Anna König

»Was wollen Sie von mir?«
Erzählungen. Mit Fotos von Helge Weindler

Der Mann meiner Träume
Erzählung
Auch als Diogenes Hörbuch erschienen, gelesen von Heike Makatsch

Für immer und ewig
Eine Art Reigen

Bin ich schön?
Erzählungen

Samsara
Erzählungen

Was machen wir jetzt?
Roman

Happy
Ein Drama

Das blaue Kleid
Roman

Mitten ins Herz
und andere Geschichten. Ausgewählt von Daniel Keel. Mit einem Nachwort der Autorin

Und was wird aus mir?
Roman
Auch als Diogenes Hörbuch erschienen, gelesen von Doris Dörrie

Kirschblüten – Hanami
Ein Filmbuch

Alles inklusive
Roman
Auch als Diogenes Hörbuch erschienen, gelesen von Maria Schrader, Petra Zieser, Maren Kroymann und Pierre Sanoussi-Bliss

Kinderbücher:

Mimi
Mit Bildern von Julia Kaergel

Mimi und Mozart
Mit Bildern von Julia Kaergel

Jakob Arjouni im Diogenes Verlag

»Ein großer, phantastischer Schriftsteller, der genau und planvoll und lesbar schreibt.«
Maxim Biller / Tempo, Hamburg

»Seine Virtuosität, sein Humor, sein Gespür für Spannung sind ein Lichtblick in der Literatur jenseits des Rheins, die seit langem in den eisigen Sphären von Peter Handke gefangen ist.« *Actuel, Paris*

»Seine Texte haben Qualität. Sie sind ambitioniert, unaufdringlich-provokativ, höchst politisch.«
Barbara Müller-Vahl / General-Anzeiger, Bonn

»Arjouni weiß als Dramatiker genauso wie als Krimiautor, wie er Spannung erzielt, ohne platt zu wirken.«
Christian Peiseler / Rheinische Post, Düsseldorf

Happy birthday, Türke!
Kayankayas erster Fall. Roman
Auch als Diogenes Hörbuch erschienen, gelesen von Rufus Beck

Mehr Bier
Kayankayas zweiter Fall. Roman

Ein Mann, ein Mord
Kayankayas dritter Fall. Roman
Auch als Diogenes Hörbuch erschienen, gelesen von Rufus Beck

Magic Hoffmann
Roman
Auch als Diogenes Hörbuch erschienen, gelesen von Jakob Arjouni

Ein Freund
Geschichten

Kismet
Kayankayas vierter Fall. Roman

Idioten. Fünf Märchen

Hausaufgaben
Roman

Chez Max
Roman
Auch als Diogenes Hörbuch erschienen, gelesen von Jakob Arjouni

Der heilige Eddy
Roman
Auch als Diogenes Hörbuch erschienen, gelesen von Jakob Arjouni

Cherryman jagt Mister White
Roman

Bruder Kemal
Ein Kayankaya-Roman

Amélie Nothomb im Diogenes Verlag

»Ein Nothomb-Buch ist immer: voller Anekdoten, Schwung und wörtlicher Rede. Schlau komponiert, humorvoll trocken, ein bisschen weise und sehr unterhaltsam.« *Jochen Förster/Die Welt, Berlin*

»So jung und so genial.«
Süddeutscher Rundfunk, Stuttgart

»Erstaunlich, wie profund und abgründig Amélie Nothomb erzählt.«
Christian Seiler/Die Weltwoche, Zürich

»Ein literarischer Superstar.«
Frankfurter Rundschau

»Wie herrlich kann Bosheit sein, wenn sie in guter Prosa daherkommt!« *Le Nouvel Observateur, Paris*

Die Reinheit des Mörders
Roman. Aus dem Französischen von Wolfgang Krege

Liebessabotage
Roman. Deutsch von Wolfgang Krege

Der Professor
Roman. Deutsch von Wolfgang Krege

Mit Staunen und Zittern
Roman. Deutsch von Wolfgang Krege

Quecksilber
Roman. Deutsch von Wolfgang Krege

Metaphysik der Röhren
Roman. Deutsch von Wolfgang Krege

Kosmetik des Bösen
Roman. Deutsch von Brigitte Große

Böses Mädchen
Roman. Deutsch von Brigitte Große

Attentat
Roman. Deutsch von Wolfgang Krege

Reality-Show
Roman. Deutsch von Brigitte Große

Biographie des Hungers
Roman. Deutsch von Brigitte Große

Der japanische Verlobte
Roman. Deutsch von Brigitte Große

Winterreise
Roman. Deutsch von Brigitte Große

Den Vater töten
Roman. Deutsch von Brigitte Große

So etwas wie ein Leben
Roman. Deutsch von Brigitte Große

Astrid Rosenfeld im Diogenes Verlag

Adams Erbe

Roman

Adam Cohen ist 1938 achtzehn Jahre alt. Edward Cohen wird um das Jahr 2000 erwachsen. Zwei Generationen trennen sie – aber eine Geschichte vereint sie. Von der Macht der Familienbande und der Kraft von Wahlverwandtschaften erzählt dieser Roman, und davon, dass es nur einer Begegnung bedarf, um unser Leben für immer zu verändern.
Bewegend und mit unerschrockenem Humor schildert Astrid Rosenfeld Schicksale und große Gefühle und wie die Vergangenheit die Gegenwart durchdringt.

»Astrid Rosenfeld schreibt mit schnellen Schnitten, gutem Gespür für Dramaturgie und, ja: Humor.«
Angela Wittmann / Brigitte, Hamburg

»Man lacht unter Tränen und wundert sich, wie leicht die Schwerkraft manchmal anmuten kann.«
Beatrice Eichmann-Leutenegger / Neue Zürcher Zeitung

»Diesem Buch wünsche ich wirklich, dass es viele Leute lesen.« *Christine Westermann* / WDR 5, *Köln*

Elsa ungeheuer

Roman

Lorenz Brauer ist der neue Star der internationalen Kunstszene. Doch kaum einer ahnt, dass hinter seinem kometenhaften Aufstieg nicht nur Talent, sondern der raffinierte Plan zweier einflussreicher Frauen steckt. Karl Brauer, Lorenz' jüngerer Bruder, weiß das natürlich. Und auch, dass die verrätselten Bilder des

aufstrebenden Malers ihren Ursprung in der Kindheit haben – in der Zeit, als Lorenz und Karl gerade ihre Mutter verloren hatten und Elsa in ihr Leben trat. Elsa mit den Streichholzarmen, dem rotzfrechen Mundwerk, den extravaganten Kleidern. Das Mädchen, an das einer der Brüder sein Herz verlor und der andere seine Illusionen. Das Mädchen, das keiner von beiden vergessen kann.
Zärtlich und schonungslos schlägt Astrid Rosenfeld in diesem Roman einen Bogen von einer verrückten Kindheit auf dem Land bis zum Glamour der modernen Kunstwelt.

»*Elsa ungeheuer* ist ein Buch über Leidenschaften und Obsessionen, über kindliche Verletzungen, die sich weit ins Erwachsenenleben hineinstrecken, über Projektionen und Enttäuschungen.«
Susanne Schaber / Die Presse, Wien

»Eine hinreißende Erzählerin.«
Irene Binal / Österreichischer Rundfunk, Wien

Auch als Diogenes Hörbuch erschienen,
gelesen von Robert Stadlober

Anna Stothard im Diogenes Verlag

Anna Stothard, geboren 1983 in London, wuchs in Washington, Peking und New York auf. Nach dem Abschluss in Englischer Literatur in Oxford bekam sie ein Stipendium des American Film Institute in Los Angeles, wo sie zwei Jahre Drehbuch studierte. Anna Stothard lebt in London.

»Unglaublich gut. Anna Stothard schreibt vollendet und fesselnd.«
Kate Saunders / The Times, London

»Sie bläst frischen Wind in die Literatur.«
Fay Weldon

Pink Hotel
Roman. Aus dem Englischen von Hans M. Herzog und Astrid Arz

Die Kunst, Schluss zu machen
Roman. Deutsch von Hans M. Herzog